朽木谷（滋賀県高島市）
浅井・朝倉連合軍に追い詰められた信長はこの谷に逃げ込んだ。

岐阜城(岐阜市)
尾張平野を見下ろす城は斎藤道三、信長の拠点だった。

安土城（滋賀県近江八幡市）
司馬さんは少年時代に安土山に登り、「街道をゆく」の取材でも登っている。

岐阜城（岐阜市）
秀吉の軍師、竹中半兵衛がわずかな手勢で攻め落とした城でもある。

余呉湖（滋賀県長浜市）
秀吉と柴田勝家が対戦した「賤ヶ岳の戦い」の舞台となっている。

名護屋城跡（佐賀県唐津市）
朝鮮出兵の拠点として築かれたが、バブルのように廃城となった

犬山城（愛知県犬山市）
秀吉と家康が戦った唯一の合戦「小牧・長久手の戦い」で秀吉が拠点とした。

琵琶湖（滋賀県）
琵琶湖畔には、信長が拠点とした水城がいくつもあった。

備中高松城（岡山市）
秀吉の水攻めで有名。この城を攻略し、秀吉は光秀との決戦にのぞむ。

播磨灘（兵庫県）
黒田官兵衛は播磨の
小大名の家老から天下をめざす。

広峰山御師屋敷跡（兵庫県姫路市）
黒田官兵衛の祖父が一時期ここに住み着いていた。司馬さんも取材で訪れている。

石田三成の旗指物（岐阜県関ヶ原町）
縁起の良い字ばかりを集めてつくられたが、小早川秀秋の動きは誤算だった。

司馬遼太郎の戦国 I

信長と秀吉、三成

週刊朝日編集部

朝日文庫

本書は朝日新聞社より二〇〇六年十一月に刊行された『週刊司馬遼太郎』、二〇〇七年四月に刊行された『週刊司馬遼太郎Ⅱ』、二〇〇八年一月に刊行された『週刊司馬遼太郎Ⅲ』および、朝日新聞出版より二〇〇九年六月に刊行された『週刊司馬遼太郎Ⅴ』をもとに再構成し、加筆・修正したものです。

文庫判によせて　現代から見る「戦国の魅力」

司馬さんの小説の世界をたどっていると、ときどき歴史的人物の子孫に出会うことがある。幕末維新だと子孫もたどりやすいが、戦国時代だと難しい。

もちろん戦国を勝ち抜いて徳川時代に大名となり、明治維新でも没落しなかった家はたどることができる。ただしそうした勝ち組の場合、残念ながら司馬さんの小説の題材になることはあまりない。

司馬さんの小説の主人公や重要な脇役となった場合、だいたいは非業の死を遂げる。当然、家は途絶えることが多く、子孫を探すのは難しくなってしまう。今回、主に取り上げる『国盗り物語』『新史太閤記』『播磨灘物語』『関ケ原』の四作品の主人公で、畳の上で満足に死ねたのは『播磨灘物語』の黒田如水ぐらいのものだろう。

ただ、『関ケ原』の取材で大谷吉継の子孫、大谷裕通さんに会ったのは楽しかった。関ケ原の東西の慰霊祭が毎年行われ、焼香するとき、先祖の名前が呼ばれるという。

「私が『大谷吉継殿』と呼ばれると、おおっとどよめきがおきましたね」

勝ち目がないとわかっていても戦った吉継にはさわやかさがあり、敵味方問わずに人気があるようだ。

しかし、そうでない場合は苦労があるだろう。あと一歩で小早川秀秋の子孫の人に会う機会があったのだが、取材前日にキャンセルになってしまったこともある。しかし、それはそれで楽しかった。やはり小早川家の動静は最後までわからない。

四作品の取材で常にお世話になったのは、戦国の城に詳しい、中井均《ひとし》さんである。信長が築いた四つの城の話を聞き、秀吉が天王山に築いた山崎城跡、さらに小早川秀秋が裏切った松尾山には一緒に登っていただいた。

最初にお目にかかったときは米原市教育委員会にお勤めだったが、二〇一〇年には長浜市長浜城歴史博物館の館長となった。一九八三（昭和五十八）年に再建された長浜城の内部が博物館となっている。中井さんが照れくさそうにいった。

「ずっと城を研究してきましたが、ついに城主となったわけです」

現在は滋賀県立大学准教授となり、城をめぐる研究を進められている。

現代を歩いて戦国に出会う。司馬さんのおかげだが、司馬さんは「言わでものこと」（昭和五十年）というエッセーで書いている。

〈自分は、どうも、見たいということらしい。見ればいい。自分自身が見たいためにそれを書き、ともかくも書きつづけているうちに不意に見たという感じがおこるときがあ

る〉

あるいは、「歴史小説を書くこと――なぜ私は歴史小説を書くか」（昭和四十年）というエッセーにもある。

〈変動期が必要なんです。すくなくとも私にとっては変動期を舞台に人間のことを考えたり見たりすることに適している〉

戦国という変動期に何を見たかったのか、ユニークな主人公をそろえた四作品を、現代からたどってみた。

二〇一二年一月

週刊朝日編集部　村井重俊

本文中に登場する方々の所属等は取材当時のままで掲載しています。
本文の執筆は村井重俊、太田サトル、守田直樹が、インタビューは
山本朋史が、写真は小林修が担当しました。

司馬遼太郎の戦国Ⅰ
信長と秀吉、三成

目次

地図 谷口正孝

司馬遼太郎の戦国Ⅰ 信長と秀吉、三成

信長のみち

『国盗り物語』の世界

失われた戦国「男の魅力」

『竜馬がゆく』『燃えよ剣』を連載中の司馬さんは、一九六三（昭和三十八）年には『国盗り物語』の連載を始めている。

湯水の如くにアイデアが浮かぶのだろうかと思ってしまうが、その前年に司馬さんが書いた「男の魅力」（『司馬遼太郎が考えたこと2』所収）というエッセーを読むと、そんなに甘くはないようだ。

〈私など、仕事がつまっていて、夜ふかしが何日もつづくとき、「なぜおれは小説書きなどになったのか」と真剣に悩む〉

とある。

しかし、結局は書くことから離れられない。温泉でも行けばいいのに、暇があると資料の古本などを読むのに熱中している。汚れた古本を読みながら、オニギリを食べるのはやめなさい、「バイキンだらけよ」と夫人の福田みどりさんに叱られつつも熱中する。自分なりに考えた「男の魅力」を書き続けることが小説家の仕事だと思い、資料でそれを発見したときの喜びは大きいという。

〈資料をよむたのしみは、男のそういう魅力に接するたのしみである。この魅力は、現代小説では表現できない。現代というのは、男が魅力を喪失した時代だからである〉

まだ四十前の司馬さんは断言している。

『国盗り物語』の場合、まずは斎藤道三が登場する。美濃一国を手段を選ばずモノにした道三だが、跡取りの子を信頼できず、娘婿の織田信長、親戚の明智光秀を自らの衣鉢《いはつ》を継ぐものとして考える。

信長は革命児としての生き方を貫く。中世的な権威をものともしない。敢然と比叡山を焼き打ちし、光秀を戦慄させる。

光秀は亡き道三への思いを胸に、信長に仕えつつも反発が抑えられない。武勇にすぐれていたが、信長とは相容れない古典的教養人でもあった。

こうして道三、信長、光秀の宿命の物語が始まることになるのだが、司馬さんは誰にいちばん「男の魅力」を感じていたのだろうか。信長には感情移入がしにくく、悲運の光秀を応援しつつも、いちばん熱中して書いたのは道三ではないか。

道三の国盗りの道、信長の天下取りの道、さらには光秀の反逆の道を歩いた。

信長が逃げてきた村

東大阪市下小阪の住宅街の一角に司馬さんの自宅はある。書斎はいまは司馬遼太郎記念館の一部となっている。入館者の多くは、遊歩道からガラス越しに書斎を見入り、しばらく立ち止まる。

原稿を受け取り、旅の相談をしたのは応接間。『街道をゆく』の担当者だった私にとって、もっとも懐かしい場所だ。一九九六年二月に司馬さんが世を去るまでの約六年、司馬さんの話に耳を傾けた。出された菓子の由来を話してくれたことがあった。

「松風という名前が付いていてね。京都の西本願寺の近くにある菓子屋がずっと昔から作っているんだ」

京都市下京区にある亀屋陸奥は室町時代の一四二一年の創業。六百年近くも暖簾《のれん》を守り、その三代目が考案した菓子が「松風」の原型だった。松風は織田信長と縁がある。

司馬さんがまだ産経新聞の記者だったころ、西本願寺にある宗教記者会で、亀屋陸奥の御用聞きの青年と会った。青年はこう語った。

〈信長はんが大坂の石山本願寺を攻めはったとき、石山本願寺で、兵糧方をつとめておりました。和睦がなって、ご法主が紀州鷺ノ森に退かれたときも門徒としてつき従い、ほしいをねりかためた菓子をつくって差しあげましたところ、（略）松風と名付けよ、といわれました。――これどす〉（「歴史の亡霊」、『司馬遼太郎が考えたこと1』所収）

ほんのり白味噌の香りがする目の前の菓子が、戦国時代に誘《いざな》ってくれた。悪戦苦闘する信長を尻目に、本願寺側は籠城戦で菓子を作っていたことになる。生きた歴史を、手品のように見せてもらった瞬間だった。

司馬さんの信長といえば、やはり『国盗り物語』になる。一九六三（昭和三十八）年、三十九歳で書き始めた作品は、前半では油売りから美濃一国の領主となった斎藤道三が、第二部では道三の娘婿となる信長、さらに明智光秀が描かれている。

美濃、尾張、京都が舞台だが、「朽木谷《くつきだに》」という地名もたびたび登場する。小説では牢人していた光秀がたどり着き、さらには戦いに敗れた信長が逃げてきた地でもある。

司馬さんは七一（昭和四十六）年に始まった『街道をゆく』の「湖西のみち」（『街道をゆく1　湖西のみち、甲州街道、長州路ほか』所収）でも朽木谷に触れている。その関心は、信長の逃げっぷりにあった。

一乗谷（現・福井市）に本拠を置いた北陸の雄、朝倉家を攻め滅ぼすために出陣したが、北近江の浅井家の離反に遭い、敦賀《つるが》で挟み撃ちの状態になる。全軍は京都に退却するが、真っ先に逃げたのが信長。占領地も味方もすべて捨てた。盟友の徳川家康にさえ知らせていない。絶体絶命になったときの出処進退を、司馬さんは「湖西のみち」のなかで、ほかの人物と比べている。

〈上杉謙信のように自分の勇気を恃《たの》む者は乱離骨灰《らりこっぱい》になるまで戦うかもしれず、楠木正成なら山中でゲリラ化して最後には特攻突撃するかもしれず、西郷隆盛なら一詩をのこして自分のいさぎよさを立てるために自刃するかもしれない〉

過信せず、玉砕せず、プライドにこだわらず、絶望しない。松永久秀に案内され、ひたすら朽木をめざした。完勝した桶狭間や長篠の戦いより、信長の凄みはこの退却戦にあったと、司馬さんは書いている。

逃げ込んだ朽木谷は、いまは滋賀県高島市朽木となっている。

滋賀県の最西端で、面積は約一六六平方キロ。人口は約二千五百ほどの静かな山あいの村だが、京都市、大津市、そして福井県の小浜市に隣接している。若狭小浜から京都の出町柳までの街道は、昔から「鯖の道」と呼ばれ、朽木はその中間点にある。小浜で獲れた鯖に一塩ふり、運んでいるとちょうどいい塩加減になるから「鯖の道」。いまは鯖寿司を売る店が立ち並んでいる。司馬さんが訪ねたころには、なかった光景だ。

『国盗り物語』だと、牢人していた明智光秀は朽木に入り、謹厳実直な人柄にも似合わず、農家の娘、志乃とすばやく仲良くなっている。しかし光秀のような出会いはなく、腹が減ったので鯖寿司を買うことにした。一本千六百円。チャキチャキした女主人と話をした。

「鯖は若狭ですか」

「焼津。最近は日本海は獲れないね」

「店は古いの？」

「九年前。うちが三番目に古い。もとはスナックでね、この商売がうまくいかなくなったらそば屋かな」

店名は「へん朽」だった。

さて、司馬さんは「湖西のみち」の旅で、朽木の興聖寺《こうしょうじ》を訪ねている。七〇（昭和四十五）年の初冬で、突然の訪問だったため、住職の森泰翁さんは本堂で経をあげていた。住職の母君が司馬さんの話し相手となったのだが、森住職がいう。

「会いたかったのに、ばあさんが独り占めしてしまいましたわ」

当時は「閑古鳥が鳴いてた」そうだが、三年後に『国盗り物語』がＮＨＫの大河ドラマとなり、その年は六万人が訪れたという。現在は年間一万人ほどで、六千人が紅葉の季節に集中する。もっとも、住職が見てもらいたい季節は四月下旬から五月。樹齢約四百八十年の藪椿八本が咲く。

藪椿は室町将軍のために植えられたものだ。朽木に逃げてきたのは信長だけではなく、京都の戦乱を避けるため、室町将軍もしょっちゅう逃げてきた。十二代将軍の義晴が約二年半、十三代将軍義輝は約六年、朽木に滞在した。興聖寺の隣に仮の御所をつくり、庭がつくられ、藪椿も植えられた。いまでも当時の雰囲気が保たれている。「旧秀隣寺庭園」と呼ばれる庭で、茶人の千利休、小堀遠州も藪椿を見にきたことがある。

司馬さんは「湖西のみち」以前にもこの寺を訪ねていて、そのとき庭をはじめて見た。

〈村の子ども十人ほどが庭石に隠れて遊んでいた。通りがかりの人に聞くと、くぼう様のお庭です、と教えてくれた。（略）室町末期の将軍の荒涼たる生涯をしのぶのにこれほどふさわしい光景はないだろうとおもった〉（「湖西のみち」）

と書いている。

住職は司馬さんの二歳年下。

「兵隊六カ月、シベリア抑留三年。停戦命令が出たのは八月二十四日午前四時で、ソ連の戦車に体当たり攻撃する順番を待ってました。捕虜時代には、建設作業中に感電して五分ほど死んだのですが、『オイ、オイ』と呼び戻されましてね」

敗戦後は住職と学校の教員の二足のワラジを履いてきた。奥さんは朽木本家から嫁いできたため、自然と歴史に詳しくなったという。

信長を助けた当時の領主は朽木元綱で、三十年後の関ケ原の合戦では石田方につくが、小早川秀秋の裏切りに呼応して家康についた。

「同じ近江の藤堂高虎のすすめで家康に味方したのに、三万石あった領地は戦後に一万石弱になった。しきりに高虎は謝りましたが、元綱は、『少ないほうが風当たりが少なくて結構です』といったそうです」

信長、秀吉、家康三代を生き抜き、さらに分家も秀忠、家光の側近となり大名となっている。常に情報に敏感だった朽木氏は明治維新まで家を保った。

『国盗り物語』の脇役の一人、細川幽斎（藤孝）も朽木に深い縁がある。十三代将軍義輝とともに朽木に住んでいたことがある。光秀の娘（のちの細川ガラシャ夫人）を長男の忠興の嫁に迎えるほど親交が深かったが、本能寺の変を起こした光秀には味方をせず、その後も生き残る。司馬さんは『国盗り物語』のあとがきに書いている。

〈幽斎には、フランス革命からナポレオン政権まで生きて、つねに権力の中枢にすわりつづけたジョセフ・フーシェを思わせるものがある〉

細川家はのちに熊本の大名となった。幽斎の細心さは受け継がれたようだ。住職がいう。

「最近、細川護熙元総理がいらっしゃったとき、お父様の護貞さんから伺った話の受け売りをしたんです」

二〇〇五年十月に亡くなった細川護貞さんは、十年ほど前に寺を訪れた。「私の家に残る文書によれば」といって、参勤交代の話になった。

「必ず家老が行き帰りに草津の本陣からわざわざ朽木に見え、『いまから江戸に参ります』『いまから国元に帰らせていただきます』と挨拶したそうです。分家して四千七百石だった朽木に、熊本五十四万石がですよ」

住職は熊本に行ったとき、水前寺公園の茶室に藪椿が一本植えられているのを見たこともあるそうだ。

〇六年当時、朝日新聞滋賀県版の「山里の風―朽木小川より」というコラムを読んだ。大阪で映画関係の仕事をしていた榊始さんが約五年前に朽木に定住、暮らしぶりを綴っていた。榊さんは朽木のことを「風の谷」という。

「僕もそうですが、風はよそから来た人のことで、昔から住んでいる人が土。朽木は昔からうまく風と土で文化をつくってきた。京都に先進的な日本海文化を伝える街道筋にあり、常に情報を握り、扱いも上手だった。風に慣れているんです。情報を握る土地の人間はしぶといですよ」

風の街道を疾走する信長、幽斎らを、朽木の人々は冷静に値踏みしていたのだろう。

信長の城づくり

安野光雅さんと晩秋の琵琶湖畔を歩き、司馬さんが歩いた「湖西のみち」をたどった。安野さんはスケッチする場所を決めることを「お見合い」という。安野さんはあまり悩まない。今回も琵琶湖に注ぐ安曇川《あどがわ》のほとりがすぐに気に入った。

「最初に自分がここだと思った瞬間が大事だね。もっと良い場所があるかもしれないと思っても、結局戻ることになるし、戻ったときは光が変わって描く気がなくなったりする。恋愛と一緒で、チャンスは一度きりなんだね」

しみじみ言う。安曇川のほとりのスケッチは三十分とはかからなかった。「お見合い」は成功かと思ったが、描き終わった安野さん、後ろを振り返り、じっと見ている。

「なんだかこっちのほうが良かったようだなあ」

気の多い安野さんだった。

司馬さんの仕事もすばやい。

「湖西のみち」の取材は一九七〇（昭和四十五）年の初冬で、たった半日で取材を終えている。東大阪市の自宅を出て滋賀県に入り、大津市内の坂本を経て北小松の漁港、白鬚神社を見た後、安曇川をさかのぼり朽木谷へ、夜には芝居を見るために神戸に入った。戯曲「花の館」の公演を見るためで、夫人の福田みどりさんによると、駆けつけた司馬さんのコートや頭には、雪が消えずに残っていたそうだ。「湖西のみち」の冒頭には、

〈近江の国はなお、雨の日は雨のふるさとであり、粉雪の降る日は川や湖までが粉雪のふるさとであるよう、においをのこしている〉

と記している。その湖西のみちは、信長の流した血のにおいも残る。

一五七〇年四月に朽木谷を脱出した信長は、六月に「姉川の戦い」で浅井・朝倉が連合した北国軍を破る。しかし致命的な打撃を与えることはできず、九月、北国軍は反撃し、約二万八千人が湖西を南下した。姉川以上の大軍だった。

湖東に重点を置いていた信長軍は逆をつかれた。守備隊の森可成や信長の実弟など指揮官が討ち死にし、兵は敗走する。あわてて信長が湖西に救援にいくと、北国軍は比叡山に上がってしまった。目を離せば山を下りてゲリラ戦を展開し、結局十二月の和議成立まで、信長は山麓に釘付けとなる。北国軍を公然と支援し続けた比叡山延暦寺に対する怒りは深く、翌年の「叡山焼き打ち」につながっていく。

近江をほぼ平定してから、信長はふたつの城を築かせてもいる。

明智光秀が城主となった坂本城（現・大津市）は湖南に、信長の甥の織田信澄が城主

信長勢力圏の城と寺
司馬さんは少年時代と『街道』の取材で、安土城跡に登っている。

となった大溝城（現・高島市）は湖西に建てられた。

ふたつとも水城だった。

羽柴秀吉の居城で、二〇〇六年のNHK大河ドラマ「功名が辻」の舞台となった長浜城も水城。安土城も安土山にあるが、琵琶湖に面していた。四城はほぼ琵琶湖の東西南北を押さえる位置に建てられ、城から城への移動は船が多く使われた。司馬さんは「湖西のみち」に書いている。

〈中世では近江の湖賊（水軍）という大勢力がこの琵琶湖をおさえていて、堅田がその一大根拠地であった。（略）織田信長

は早くからこの琵琶湖水軍をその傘下に入れ、秀吉は朝鮮ノ陣に船舶兵として徴用し、かれらに玄界灘をわたらせた〉

「湖の道」は、織田軍団の近江制圧の重要な要素だった。

現存しない四城を考えながら、『近江の城』(淡海文庫)という本を読んだ。著者の中井均さんは考古学者。司馬さんの本はなるべく読まないようにしていたという。

「歴史考古学を志す人間なのに、どこまでが真実でどこからが創作なのか、わからなくなってしまう。特に会話の印象が強烈すぎて、これはヤバイと」

しかしある日、堰を切ったように読みまくってしまった。その後は、

「『世に棲む日日』を読んで感動し、すぐに下関の功山寺に行ったことがあります。最近も『坂の上の雲』愛蔵版を全巻買いました」

と、熱っぽい読者になった。もっとも戦国時代の作品は、専門の仕事がからむため、まだ我慢している。近江は城の国でもある。約千三百もの城があり、中井さんはほとんどを見て回った。なかでも信長が築いた城は、残った石垣でも刺激に富んでいる。

「信玄や謙信が天下を取ったら、姫路城や彦根城はなかったでしょう。彼らの城は土づくりの城で、信長のように石垣づくりの城は最後までつくっていません。信長は日本の城づくりに活気を与えました」

琵琶湖沿岸の坂本、大溝、長浜、安土の四城について、中井さんは、「信長のウオー

ターフロント計画」という。安土をのぞく三城はいずれも水城に分類される。水城の軍事的な利点はなんだろうか。

「三城は三面が湖に面しています。湖上権さえ握っていれば、襲われる心配がない。これを私たちは、『後堅《うしろ》固の城』といっています。そのため、防御の人数を攻撃に回せる。近江を移動するときは陸上よりも船のほうが速い。最短距離で軍隊を移動でき、兵も休息できます。各地で戦った信長は軍隊の移動のスピードを上げたかった。信長は琵琶湖に依存していたともいえます」

安土も含め四城は港を持ち、重要な街道を押さえる地域に建てられた。城・港・街道がセットとなり、軍事的にも商業的にも機能を果たす。この信長の城づくりを可能にしたのは近江の石垣づくりだった。中井さんが仙台城の修復作業を見学にいったとき、伊達政宗以来の石屋が二軒あり、由緒書きを見せてもらうと二軒の出身地は、「近江」とあった。近江の石垣づくりはブランドだったようだ。

「比叡山、湖東三山など多くの寺院が近江にはあります。有力な寺院はお抱えの石工集団を持っていた。安土城の石垣づくりには、近江じゅうの石工たちが集められたと考えています」

土木が好きだった司馬さんも、「湖西のみち」のなかで、「穴太《あのう》」に触れている。

〈坂本のあたりに穴太という土地がある。(略)「穴太の黒鍬」といわれ、戦国期には諸国の大名にやとわれて大いに土木工事に活躍した。（略）湖東の安土に信長が築いた安土城の石垣づくりには、この「穴太の黒鍬」が村中一人のこらずかり出されて行ったにちがいない〉

大津市坂本は石垣の町並みが美しい。ぶらぶら歩いていると、石垣の補修工事の現場をたまたま見ることができた。伝統的な穴太衆積みの技術を守っている「粟田建設」の社員たちで、石垣にワイヤをゆわえ、小型のパワーショベルで慎重に運ぶ。

「全国の石垣を直したり、積んだりする会社です。今は高知城や三井寺を直しています。私も今度は名古屋に出張する予定です」

と一人の社員が教えてくれた。どうやら現代の穴太衆も全国の城や寺を飛び回っているらしい。〇五年暮れに会長の粟田純司さんを訪ねた。十四代目になるという。

「初代は江戸中期で、ルーツは六世紀ごろ、朝鮮半島から渡来した人たちの技術と聞いています」

六三年に近畿大学土木工学科を卒業し、その後、家業を継いだ。

「石なんか積んで、将来、大丈夫かなと思ってました。滋賀県庁に就職しようと考えていたんですが、合格通知を先代のオヤジが破ってしまった。オヤジは仕事の鬼でした」

父親の万喜三さんは、

「石の声を聞き、石の行きたいところに持ってゆけ」

としか教えない。安土城の天主付近の石垣修理に携わっているとき、「『こらおまえ、さっき石の声を聞いたやないか』とオヤジがいう。石がしゃべるわけないやろと反発しましたが、オヤジが積むとコトコト石が収まる。その眼力、石に対する思いに、いまだに及ばないと思っています」

万喜三さんは八九年に七十七歳で亡くなったという。現在、社員は十一人。滋賀県立大学のキャンパスなど、城以外にもニーズは広がっている。集まってきた石を見て、頭で設計図を描き、積み上げていく。横長に石を積み上げていく「布積み」、甲冑のように段々と積み上げる「鎧積み」などが「穴太衆積み」の特徴で、強度には自信がある。

「第二名神高速道路の工事に参加したとき、強度検査をしたんですが、コンクリートブロック積みの一・二倍以上の強度がありました」

息子の純徳社長のことを「兄弟弟子なんですよ」と笑う。

「オヤジが、息子が中学を出るとすぐに現場に連れていきました。二十七、八歳のころにはもうオヤジが納得する積み方ができるようになってました。このごろは私が現場に行ってぶつぶついっていると、息子に『はよ帰り』といわれます。若い連中は、『石をなぶっているとわくわくする』といってくれるんですよ」

と、会長はうれしそうだった。信長が城づくりに石垣を取り入れていたのは四百三十年以上前のこと。その技術は近江で健在だった。

安土城の栄光

二〇〇五年の暮れ、湖北から湖東を歩いた。

まずは湖北。信長と浅井・朝倉連合軍が戦った姉川の古戦場から車で十分とかからない場所に、滋賀県長浜市国友がある。例年よりも早い雪に、畑のキャベツがすっぽり埋まっていた。司馬さんも八三年暮れに『街道をゆく』の「近江散歩」(『街道をゆく24 近江散歩、奈良散歩』所収)で国友を訪ね、

〈国友村は、湖の底のようにしずかな村だった〉

と書いている。国友も信長にゆかりがある。戦国の統一に大きな役割を果たしたのが鉄砲の伝来。種子島から急速に日本中に広がったが、国友は堺とならぶ一大生産地だった。若き信長は鉄砲伝来のわずか六年後に、五百挺の鉄砲を国友に注文したと伝えられている。

その国友のあちこちに、「近江散歩」の文章が彫り込まれた石碑がある。司馬さんが町おこしに一役買っているようだった。

古い門の屋敷には、「天文十三年創業鉄砲火薬商　国友源重郎商店」という看板が掲げられている。一五四四（天文十三）年は、鉄砲伝来の翌年。この店を訪ねた司馬さんは「世界最古の鉄砲火薬店といっていい」と書いている。店の横にもやはり石碑がある。

〈客も、店の人もいなかった。やがて奥から婦人が出てきた。当家の夫人であることがわかったが、その爆《はじ》けるような活発な人柄から、最初の瞬間、この家のお嬢さんかとおもった〉

店を訪ねると、「お嬢さん」と書かれた国友保子さんがいた。本を読んだ人がたくさん店に来たという。

「私を見てみなさん、『なんや、おばさんかいな』って。それがなさけのうてね。でも、あのころはぱりぱりしてました」

昭和八年生まれ、いまも元気に店を切り盛りしている。

「たくさんの文書をお見せしたんですが、ほとんど未整理で、『私がやればいいんですが、なにしろ草むしり大学しか出てませんから』といったら、司馬先生がずいぶん笑われた。一緒だった画家の須田剋太先生も、ひょこひょこお笑いでした」

帰るとき、司馬さんはタクシーから身を乗り出し手を振っていたそうだ。

やがてお得意さんが店に来た。福井県の人で、「最近はイノシシが安うてな」といいつつ、レミントンの弾丸を買った。国友にはもう一軒、主として火薬を売る店があるが、本格的な銃砲店はここだけだという。

「江戸の中期以後はご注文がなくて、国友でもみんながおやめになったのに、先祖がりきんで続けました。いまどき流行る商売ではないけど、お得意さんが、『おばちゃん、骨になっても店に出てよ』といわれるので、やめられません」

江戸時代の顧客は毛利、南部、小諸、郡山といったところ。信長の話になって、保子さんは熱が入った。

「あれだけの立派なお城ですからね、備え筒があったに決まってるんです。うちの鉄砲もごっついのがいったんやないかと、これは私の空想」

司馬さんを魅了した笑顔は健在だった。

長浜から湖東の安土町に向かう。司馬さんも「近江散歩」の旅で、安土城跡がある安土山に登った。司馬さんはどんな名刹でも、長い石段があるとたいてい尻込みをした。

「まあ、ここから拝礼しましょう」

ということが多かったが、安土山には敢然と挑戦している。少年時代に見た風景が忘れられなかった。山を登り切ると、目の前に湖が広がっていたという。

〈この水景のうつくしさが、私の安土城についての基礎的なイメージになった。織田信長という人は、湖と野の境いの山上にいたのである〉

しかし山頂からの風景は一変していた。かつての湖は埋め立てられ、赤っぽい陸地が広がっていた。

〈やられた、とおもった〉

と、書いている。

冬の安土山を登ってみた。当時六十歳だった司馬さんに負けるわけにはいかない。たかが標高百九十九メートルでもある。ひとりで登るのは少々さびしい風景だが、石段のきつさがそれを忘れさせる。たどり着いた天主跡には土台となった礎石だけが残っていた。初冬の森に、野鳥のさえずりが響く。信長がここにいたかと思う。NHK大河ドラマ「功名が辻」の脚本を書いた大石静さんが、

「いいですね、安土城。夢の跡という感じで」

といっていた言葉を思い出した。

山から下りて、滋賀県文化財保護協会の木戸雅寿さんを訪ねた。『よみがえる安土城』（吉川弘文館）の著者で、安土城跡を考古学的に研究し続けている。

安土城の天主跡に登るにはふたつのルートがあるが、そのうち通称大手道は、築城当時の石段と復元された石段が混在している。元の石段は二割程度で、両路肩部の残りがいい。木戸さんは、

〈安土山への思い入れの深い方は、溝に落ちないように端を歩かれることをおすすめしたい〉

と、書いている。木戸さんは調査のため、安土山に約十四年間、一日に何度も往復したという。

「信長が見た景色を見ながら、彼は何のためにこの城をつくったのかと考えましたね。研究するほど、彼と一対一の戦いをしているような気分になる。謎を解く戦いですね」

安土城は短命だった。本能寺の変のあと、築城からわずか六年で炎上し、わからないことが多い。最大の謎は天主で、五層七階とされ、多くの復元図が作られているが、いまだに議論は続いている。

木戸さんは安土城には二面性があるという。ひとつは信長の住まいであり、政治の場としての城。もうひとつは天皇行幸を最終目的につくられた城ではないかと見ている。

「安土城の場合、儀式的な要素もかなりある城なんです」

いまは観光客が登る大手道だが、当時の記録には残っていない。つまり使われた形跡がなく、木戸さんは天皇が通る道だったと見る。さらに本丸御殿といわれている屋敷跡は、御所の清涼殿によく似ていることが発掘調査でわかってもいる。

「信長は天皇を迎える準備を築城の一年前からしていて、本能寺の翌年には迎える約束もしていた。天皇に代わろうとしていたなどといわれますが、そういう人間ではないと思いますね」

学術的な調査はせいぜい全体の数パーセントしかすんでいない。

「全部終えるまでには二百年ぐらいかかる計算です」

天主跡近くに信長の墓がある。その付近にもうひとつ信長の住居があったのではないかと、木戸さんは最後にいった。

「『信長公記』を読むと、天主は儒教や仏教などの屏風絵が各層に描かれている。シンボリックな宗教空間で、日常的に寝泊まりできるような場所には思えません。茶室や能舞台などもあった、もっと落ち着いた屋敷があった。それを偲んで、近くに墓を建てたんじゃないかと」

木戸さんの信長との戦いはまだまだ続きそうだった。

最後に安土町（現・近江八幡市）の津村孝司さんに会った。〇五年十一月、バチカンのサンピエトロ広場で、ローマ法王ベネディクト十六世に謁見し、大きな話題を呼んだ。

信長が狩野永徳に描かせた屏風絵「安土城之図」は、天正遣欧少年使節などによって、当時のローマ法王グレゴリオ十三世に献上された。その「幻の屏風絵」がいまでもあれば、安土城の外観を知る決定打となる。バチカンあるいは法王ゆかりのどこかにある。そう考えての謁見だった。津村さんはいう。

「アメリカの高官夫妻が最初で、私たちは六番目ぐらいかな。二回握手しました。『四百年以上前の屏風絵を探しております』というと、法王から、『わかりました』というお言葉をいただきました」

収穫はあった。グレゴリオ十三世の実家を訪ねると、当主が遣欧少年使節のリーダー、伊東マンショの和服姿のスケッチを見せてくれた。

「屏風絵と一緒に皿ももらったと聞いています」

と、当主はいったそうだ。バチカンには、一級資料が眠っている可能性はある。

しかし津村さんはいう。

「バチカンの博物館などは未整理の部分がかなりあり、いまはその分類の方法を協議中だそうです。協議に五年も十年もかかると聞きました」

安土町長で屏風絵を探しにいったのは、二代前の町長に次いで二人目になる。ただし安土町の生まれ。小学生のときに安土山で家族とすき焼きをした。いまは埋め立てられた湖で、よく泳ぎもした。

「先々代の町長は四期つとめた人で、信長に心酔していました。けっこうワンマンだったかな。私はそうではないですよ。家の中では信長ですけど」

謁見は初めてだ。

「安土町としての価値を考えたら、やはり安土城しかない。そのわりに他府県の人には滋賀県にあることさえ知られていない現状があります。この辺りを変えなきゃね」

本格的に調査に入るためにはどうしたらいいのか、これからの方針を検討中だ。安土とローマ、ふたつの都を結ぶ夢の屏風絵はどこで眠っているのだろう。

フィクションと斎藤道三

信長ゆかりの城をめぐる旅を続けている。二〇〇四年に松本清張賞を受賞した作家の山本兼一さんは、受賞作『火天の城』（文藝春秋）で安土城を建てた大工の棟梁、岡部又右衛門と信長を描いた。

「信長は絶えず渦を巻き起こし、渦の中心にいた男です。おそらく日本一すさまじい施主だったでしょう。その圧力に屈しない、強い大工がいたのではないかと考えました」

主人公の岡部又右衛門は尾張熱田神宮の宮大工。信長のお抱え大工となり、最後は本能寺で信長と運命を共にしたとされる人物だ。

『火天の城』では〝安土城コンペ〟の場面が楽しい。又右衛門のプランに、奈良や京都、堺の名人たちが挑む。又右衛門の息子も吹き抜けの天主台のプランを披露する。

「信長ならコンペぐらいやりそうかと。資料は大事ですが、それで小説は書けない。僕が司馬さんにいちばん学んだのは、作品の明るさ、練られたフィクションの楽しさですね」

又右衛門は『国盗り物語』にも登場している。稲葉山城（のちの岐阜城）建築の場面で活躍するが、施主は信長ではなく、『国盗り物語』の前半のヒーロー、斎藤道三。道三が敵国に潜入して又右衛門をスカウト、二人が意気投合するシーンがある。

「フィクションでしょうね」

山本さんはうれしそうにいった。

岐阜城に登った。ロープウェーがあるので、十分ほどで城のある金華山頂に達する。標高三百二十九メートルながら、濃尾平野が一望にできる。道三も、信長も、あるいは又右衛門もこの景色を見ただろう。司馬さんも七二年の『街道をゆく』の「郡上・白川街道と越中諸道」（『街道をゆく4　郡上・白川街道、堺・紀州街道ほか』所収）で、美濃の風景に触れている。

〈美濃国というのは野のひろさよりも空の闊《ひろ》さが印象的である。（略）空を見ているうちに、野も山も空の仮りの映えのように思えて、日本史上、もっとも戦乱の多かったこの土地の気分がわかるような気がした〉

野も山も仮の映えとして、『国盗り物語』のフィクションの世界をまず楽しんでみよう。

司馬さんは道三について、ほれぼれするほどの悪人像をつくり上げた。

もともとは日蓮宗の修行僧で、京都・大山崎の油問屋の婿に収まり、財力を生かして美濃の守護大名に接近、ついには美濃一国を手に入れる。司馬さんは、「郡上・白川街道と越中諸道」の旅を案内してくれた、富山県教育委員会の島村美代子指導主事（七二年当時）を聞き手として、道三について語ったことがある。

〈悪人の代名詞のようにいわれた道三にとって悪とは何かといえば、それは「無能」ということだった。当時、美濃を支えていた人と組織は、ほとんど無能でした。（略）悪名を負い、すべての壊し手として美濃にあり、最後まで戦い抜いて、長良川河畔で六十三歳の生涯を閉じます。壮烈な最期ですね〉（『司馬遼太郎全講演［1］』所収、本書六二ページから全文掲載）

「悪党」は女性にモテた。『国盗り物語』は、司馬さんにしては珍しくセクシーな場面が多い。油問屋の女主人お万阿《まあ》は、有馬温泉の湯煙のなかで道三に口説かれる。

〈「お万阿、ここは何ぞ」と、お万阿の耳もとでささやいた。「お万阿ののさま（仏様の幼児語）でございます」「おれはまだ、この仏国土《ぶつこくど》の内部《なか》を知らぬが、それほどな悦楽の里であるのか」〉（『国盗り物語』）

童貞にしては大変な余裕で、お万阿の次は、主人の土岐頼芸の側室・深芳野《みよしの》を奪い取るなど、道三の動きは大胆だ。道三の描き方について、司馬夫人の福田みどりさんはどう見ていたか。

「道三も司馬さんも、行き届いていたのは口説くまでかな？」

長く中央公論社で司馬さんを担当し、本書の「余談の余談」の筆者の一人である山形真功さんは、司馬さんがこんな話をしたことを覚えている。

「四十代まではともかく、五十にもなって女のことで騒いでるやつはバカだ」

さて、道三の実像はどうなのだろうか。岐阜市教育委員会の内堀信雄さんに聞いた。

「女ったらしかどうか、考古学的にはわかりません（笑い）。しかし、いつの時代でも情報を握っているのは女性で、道三は情報通でした。努力はしたでしょうね」

内堀さんは岐阜城の麓にある信長の居館跡の発掘を担当した。その下には、道三が建てたと思われる館の跡もあった。道三から信長への流れは岐阜の町に確かに残っている。しかし内堀さんはいう。

「道三は岐阜の町づくりをすすめた最初の人物だと考えていますが、町のシンボルにはなりにくい。どうしても信長になってしまいます」

町に岐阜という名を付けたのは信長。信長が「天下布武」の印を使い始めたのも岐阜時代からになる。メジャーな信長に比べ、道三は「美濃の蝮《まむし》」と呼ばれたダーティーなイメージがいまも邪魔をしている。

「だいたい道三にはわからない部分が多すぎるんですね」

『国盗り物語』は道三の一代記だが、最近では親子二代説が定説だ。父親が京都の油売りから身を起こして美濃に入り込み、息子が覇権を完成させたとする説だ。文献史学の立場から、内堀さんと一緒に戦国時代の研究をしている、岐阜県恵那市教育委員会の三宅唯美さんによれば、「実際の道三は戦争も上手ではないですね」ということにもなる。「父親に比べ、息子の道三は強引に事をすすめては失敗しています。実効支配できた地域はそれほど広くなく、美濃の国盗りに成功したともいえません。常に織田をはじめ、国外勢力に侵入を許してもいた」

むしろ流通の自由化の先駆けとなった楽市楽座や都市計画など、内治に優れていた武将と、内堀さんも三宅さんも見ているようだった。焼き物や和紙、刃物など、いまも岐阜で盛んな産業の奨励に熱心だったという。

内堀さんからもらった岐阜市の「まちあるきマップ」に沿い、「信長・天下布武コース」を歩いてみた。

信長の居館近くに、常在寺がある。娘の濃姫が寄進した道三の画像が残された菩提寺で、司馬さんも『国盗り物語』のなかで紹介している。住職の北川英生さんはいう。「道三のお参りに来る人はほとんどいませんでしたが、大河ドラマが放送された七三年は一日四、五千人が寺に押し寄せた。本堂の底が本当に抜けそうになりました」

岐阜市内に道三塚がある。道三が戦死したことを示す塚で、いまは整備されたが、北川さんが子どものころは草深い場所にあった。

「そこでケガをすると、血が止まらないといわれました。菩提寺生まれの私にも、気味悪い存在でしたね」

さて、天下布武コースは、かつての「御鮨街道」に重なる。江戸時代、岐阜の一部は尾張徳川家の直轄領で、鵜飼いでとった鮎をなれ鮨にして、将軍に献上した。御鮨が江戸に向かった街道ということになる。

その御鮨街道沿いの金屋町に古い商家があった。岐阜ではウダツの上がっている家が二軒あり、そのうちの一軒だという。

ウダツは商家の屋根の上にある、小屋根付きの袖壁。装飾と防火の意味がある。ウダツがある商家を建てるのは江戸時代の商人のあこがれ。いつまでも建てられないと、「ウダツがあがらない」といわれた。司馬さんは一時期、ウダツにずいぶん凝った。中国の杭州を訪ねた『街道をゆく19　中国・江南のみち』では、ウダツにほぼ一章をさき、司馬さんが描いたイラストも載っている。

ウダツの縁でその商家を訪ねると、株式会社ナベヤ、同岡本、同ナベヤ精機の三社の会長、岡本太右衛門さんが相手をしてくれた。

「ナベは昔は高級品。一般の方に売り出したのは明治後ですね」

はるか昔の道三の時代にはすでに商売をしていたという。

「お城に近いところに店があったのですが、鋳物屋なので煙が出ます。それを見た織田信長が、狼煙《のろし》と間違えてよくない、移転しろと命じ、現在の場所に移ったと聞いています」

信長ゆかりの店でもあった。

主力商品は時代によって違う。ナベはもちろんだが、戦後は釣り鐘が売れに売れた。戦時中の供出のため、鐘のない寺が多かった時代だった。その後は万力が、アメリカのホームセンターで爆発的に売れた。

「一年に百万台売れた時期もあります。アメリカ人は日曜大工が好きですね。当時はおそらく世界でも有数の万力製造店だったんじゃないでしょうか」

現在の主力は自動車部品などに使う工作機械周辺機器で、水道管やマンホールの蓋、そして伝統商品の釣り鐘、万力もまだ作っている。三社合わせて社員は三百人、年商は百億円ぐらいという。

ちなみに司馬さんは万力についての手紙を、私あてに書いてくれたことがある。文章をきりっと締めることと万力とを対比した手紙で、万力の凝った絵も添えられていた。

万力について手紙を書く人はあまりいないだろうなと、手紙をもらって思ったことがある。

天下布武の散歩途中に訪ねた「ナベヤ」は、ウダツといい、万力といい、なぜか司馬さんの「ツボ」をうまく突いた店だった。

明智光秀の亡魂

『国盗り物語』の後編の主人公は織田信長だが、書き進むにつれ、司馬さんの気持ちは、信長を倒す明智光秀に傾いていく。

〈妙なものだ。筆者はこのところ光秀に夢中になりすぎているようである。人情で、ついつい孤剣の光秀に憐憫《れんびん》がかかりすぎたのであろう〉

と、書いている。

光秀の人生も謎が多い。出身地や生年月日もはっきりしない。十六世紀後半の日本史に忽然と登場し、慌ただしく退場することになる。

織田家にいわば途中入社し、信長に才能を高く評価され、木下藤吉郎（豊臣秀吉）と競い合うように出世の階段をのぼる。もっとも司馬さんは、心優しきインテリとして光秀を描く。司馬さんの光秀は繊細すぎる神経の持ち主で、信長の行動、言動に過敏に反応し、しだいに追いつめられていく。

光秀の「孤剣」の軌跡を訪ねてみる。まずは大津市坂本。光秀が最初に城を築いた土地で、城があったあたりは公園になっている。ぽつりと光秀の像が立っている。

竹下内閣のふるさと創生資金で建てられたそうで、像の下のプレートには光秀の作といわれる歌が添えられていた。

「我ならで　誰かは植ゑむ　一つ松　こころして吹け　滋賀の浦風」

『国盗り物語』に、「唐崎の松」という章がある。信長から城づくりを命ぜられた光秀は、

「唐崎に松があったはず」

と、思いつく。

坂本近くの唐崎神社には古代から有名な松があり、紀貫之らに詠まれてきたが、光秀の時代にはすでに枯れていた。

古典をこよなく愛する光秀は激戦地の北近江から枝ぶりのいい松を掘り、唐崎に運んだ。三日三晩かけて松を移し終わり、喜ぶ光秀を司馬さんは描写している。

〈光秀はまるで小児に化《な》ったように馬をくるくるとまわして松の姿を楽しみ、(略)やがて、即興の歌を詠《よ》んだ。「我ならで　誰かは植ゑむ……滋賀の浦風」〉

この酔狂なエピソードは、江戸時代の軍談書『常山紀談』に書かれている話で、真偽のほどはわからない。唐崎神社でもらった簡単な由緒書きにも、光秀のことは全く書かれていない。

誰が植えたか、自然に生えたか、松はその後も文人に愛された。

「唐崎の　松は花より朧《おぼろ》にて」

と詠んだのは芭蕉で、光秀とは縁がある。大津市坂本から比叡山方向に坂道を上がると西教寺があるが、ここに芭蕉の句碑がある。

「月さびよ　明智が妻の咄《はなし》せむ」

牢人時代の光秀には客をもてなす金がなく、妻の凞子《ひろこ》が黒髪を売って費用にあてたという伝説があり、それを芭蕉は旅先で聞いたという。芭蕉も司馬さんのように、光秀に同情的だったのかもしれない。

西教寺は、そんな光秀同情派の総本山のようでもある。ここには妻の凞子の墓がある。苦労して坂本城主となった光秀だが、数年して凞子を病で失ってしまう。

「戒名もあり、過去帳も残っています。戦国時代だと、女性の墓はほとんどありません。光秀が妻を大事にしたことがよくわかります」

というのは、西教寺の前阪良憲執事。前阪さんは元大津市議会議長だが、明智光秀公顕彰会の副会長でもある。

「光秀公のファンは多いですよ」

会員は約千人で、命日の六月十四日には全国からファンが集まってくる。会の機関誌名は「桔梗」と、光秀の家紋からとっている。

なぜ光秀が信長に反逆したかは無数に説があり、怨恨説、野望説、朝廷関与説、秀吉黒幕説、あるいは光秀非関与説ときりがない。前阪さんは、

「光秀は本当は敬虔な男ですが、やむなく比叡山の焼き打ちにも加わっています。しかし、いつかは本当の気持ちを表さなくてはいけないと思っていたでしょう。私はそれが爆発したのが本能寺だと思いますね」

といっていた。

風流でインテリで女房思いで敬虔な男。やや堅苦しいが、ともかく善人には違いないだろう。

しかし、長年、光秀の文書を研究している京都府大山崎町の大山崎町歴史資料館の福島克彦学芸員は違った見方をしている。

「実際は計算をしつくす老獪な武将というのが光秀の実像に近いかもしれません」

という。

本能寺の変のちょうど一年前、光秀は家中に、十八カ条に及ぶ「明智光秀家中軍法」を発令している。軍団が大きくなるにつれ、法整備が重要となっていくが、織田家できちんとした軍法を定めたのは光秀だけ。

各地で行われた検地も、権利関係に詳しい光秀の力が大きかった。柴田勝家、秀吉らが遠征を重ねるなか、京都を押さえていたのも光秀。

「信長がカリスマ的な存在になっていくなか、光秀は織田軍団の実務を一手に引き受けていた。信長は光秀を上手に使いましたが、実は信長をおびえさせるほど、光秀の力は大きくなっていたと思います」

「明智光秀家中軍法」の末尾にモノローグ的な文章があり、自分を「瓦礫」と表現している。

「瓦礫のような自分を引き立ててくれたのは信長だと書いています。あまりにへりくだりすぎていて、かえって信長との微妙な距離感を感じますね」

比叡山焼き打ちの直前に、雄琴《おごと》の土豪にあてた手紙に至っては、

「仰木の事は是非ともなでぎりに仕るべく候」

というくだりがある。比叡山山麓の仰木などの村をなでぎり（皆殺し）にするぞと、気負い立っている。『国盗り物語』の優しき光秀はどこにもいない。

「土豪を懐柔し、比叡山を孤立させる芸当などは見事なものです。権力欲にあふれ、ワルのにおいも持っている。しかも文化人的な要素もある。多様な人だったと思います」

福島さんの強烈な光秀のイメージを反芻しつつ、丹波に向かった。

近江の次に光秀が命じられたのは丹波の攻略。京都府福知山市にある福知山城はその本拠地となった。

一九八六年に天守閣が再建されたが、石垣はつい最近まで戦国時代のままに残されて

いた。およそ四百年以上の月日を隔てて補修工事が行われ、二〇〇四年に終了している。補修工事を請け負ったのは、穴太衆《あのう》積みの粟田建設。多くの石垣補修にあたってきた粟田純司会長にしても、福知山城の石垣は気味が悪かったそうだ。

「光秀は信長にならい、自分に反対する勢力の寺院の石仏や灯籠などを石垣の材料に使っています。あまりに多いので、補修工事のときはお祓いをしました」

その数は五輪塔なども含め五百近くが確認されている。光秀の徹底ぶりがうかがわれる。


亀岡市にある丹波亀山城も訪ねた。光秀の重要な拠点だったこの城は、大正期に「大本教」に払い下げられた。司馬さんは七二年の『街道をゆく』の「丹波篠山街道」（『街道をゆく4　群上・白川街道、堺・紀州街道ほか』所収）で亀山城を訪ねている。

〈丹波亀岡（亀山）の城は、その歴史的印象としては闇夜にうちあげられた大輪の花火を見るように華麗ではかない。初代城主が明智光秀であるというだけでなく、光秀が死んでから三百五十余年後に、もう一度むほん人を出しているのである〉

大本教は高橋和巳の『邪宗門』のモデルとなった神道系の新興宗教で、一九三五（昭和十）年に徹底的に弾圧された歴史を持っている。

大本教の敷地内に入ると、光秀の時代の石垣をわずかに見ることができた。この城を、一五八二（天正十）年深夜、光秀は一万三千人の軍勢で出発した。

目指すは本能寺で、亀岡から京都に向かう途中に老《おい》ノ坂がある。『国盗り物語』では、坂を下る光秀が痛切に描かれている。

〈老ノ坂をくだってゆく光秀は、革命家でもなければ武将でもない。自分の生命を一個の匕首《ひしゅ》に変えて他の生命へ直進する単純勁烈《けいれつ》な暗殺者であった〉

司馬さんは七二年当時、老ノ坂を歩いている。信長と光秀の人生が交錯した老ノ坂にはモーテルができていた。司馬さんは書いている。

〈光秀は夜中このモーテルの坂をくだって日本史上最大の史劇を演じた。その亡魂がなお彷徨しているとすれば、その感慨は当時のかれの心境以上に悲惨なものであるにちがいない〉

それからさらに三十余年後の〇六年正月、老ノ坂を歩いた。司馬さんを嘆かせたモーテルは廃墟となり、不法投棄の要注意地点となっていた。

昼なのに不気味な老ノ坂で、光秀の亡魂は、ますます居場所がなくなっていた。

新しい信長像

最後の『街道をゆく』となった「濃尾参州記」（九六年）には、信長、秀吉、家康が次々に登場する。司馬さんは信長について、「桶狭間の戦い」に絞って書いている。「東方からの馬蹄」「田楽ケ窪」「襲撃」の三章で、若き信長が躍動する。

〈かれは尾張衆をひきい、いまの名古屋市域を走った。勝ちがたい敵とされた今川義元（一五一九〜六〇）の軍に挑み、ひたすら主将義元の首一つをとることに目的をしぼり、みごとに達した〉

九五年十月の取材で、司馬さんはこの「信長のみち」をたどった。名古屋城近くのホテルを出発し、熱田神宮、古鳴海などを経て、桶狭間までの行程で、出発のとき、司馬さんがいった。

「今川義元には申し訳ないけど、桶狭間を目指して走るというのは、なんとなく元気が出るね」

同行していた私は勝手に感動していた。『国盗り物語』のなかでも、桶狭間ほどスリリングな場面はない。その道筋を作者自らがたどるのだ。信長は熟知した地形をゲリラのように活用し、義元に殺到した。司馬さんも何度も取材し、地形には詳しいはず。ところが司馬さんはいった。

「桶狭間ははじめてだなあ」

見ないで書けるはずがないと思うのが、新聞社勤めの記者の限界かもしれない。司馬さんは笑って説明した。

「ホントにはじめてだって。古戦場なんて、家が建ってたり工場になってたりで、かえってイメージが崩れる。古い地図を見たほうがよくわかるもんです」

たしかに桶狭間といっても、ほとんどが住宅街になっていた。

結局、司馬さんは、小高い丘陵にある名古屋市立緑高校の校舎の裏手から桶狭間を眺め、スケッチをした。この穴場を教えてくれたのは司馬さんの友人で、名古屋在住の医師、鶴田光敏さん。取材に同行してくれた。緑高校のOBで、大の信長ファンでもある。

司馬さんは書いている。

〈少年時代の鶴田先生は、この崖の上によく立ったらしい。見おろす谷が、桶狭間――田楽ケ窪――なのである。信長がここに立ったのではないにせよ、このあたりの似たような台上の一点から、私どもが見る桶狭間を見たのにちがいない〉

桶狭間の戦闘が終わったのは午後三時前。今川義元を討ち取った信長は風のように駆け、日没後には清洲城に戻った。

見事な夕焼けのなか、司馬さんも早々と取材を切り上げ、名古屋市内に戻った。帰りのバスで、

「桶狭間の成功におぼれず、二度と少人数での奇襲をしなかったのが信長の偉さだね。二度とできない成功だとわかっていたんだろうね」

といっていたのを覚えている。

さて、『国盗り物語』のなかで、司馬さんは書いている。

〈戦術家としての信長の特色は、その驚嘆すべき速力にあった。必要な時期と場所に最大の人数を迅速に集結させ、快速をもって攻め、戦勢不利とみればあっというまにひきあげてしまう。その戦法はナポレオンに似ている〉

文芸評論家の秋山駿さんが書いた『信長』（新潮文庫）にも随所にナポレオンは登場する。

〈信長は勁《つよ》いのだ。（略）人がナポレオンの「眼差」の背後に察知したのは、「信じ難い剛毅な心」であったらしいが（スタンダール『ナポレオン』）、信長にしてもそれは同じであろう。剛毅な心だけが、人の精神をリードして、新しい現実を創り出させるのだ〉

『信長』には、ナポレオンのほかにシーザー、デカルト、ゴッホなどが登場している。

秋山さんはいう。

「信長を考えるのは天才とは何かを考えることだね。ただ、日本史の誰と信長を比較できる？　あんな独創的な男はいない。異形の人ですよ。かえって西欧の天才たちと比べたほうがぴったりくる」

信長は常に戦闘の中にいて、「戦争の知性」を磨き上げたという。二万五千の今川軍を二、三千人で破った桶狭間がいい例で、死地に向かった信長軍について、秋山さんは、〈陣地もなく、帰る処《ところ》もなく、その上何処へ往くとも知れぬ、一個の流動体と化していたのではあるまいか〉

と表現している。

「鎌倉時代だと源家の御曹司を逃がすためにみな部下が死ぬ。信長は違うよ。いつも自分が先頭を切り、部下にも常にそれを要求する。部下たちに安定は許さない。明智光秀はいい領主だったというけど、信長はそんなものは要らない。主従は常に流動する。抜擢もあれば、放逐もある。下につくのはたしかに大変だね」

信長の最終地点はどこにあったのだろうか。秋山さんは「外交」にあったのではないかという。

「海外に関心が深かった。大坂に港と町をつくり、貿易がしたかっただろうと思う。そのために皇室をそれなりに大事にしていた。商店街と同じですよ。自分のような成り上がりでは外国からは信用されない。老舗の皇室は信用される。それを勘定に入れていたんだ」

秋山さんはときに目を細め、いとおしむように信長を語った。『信長』は野間文芸賞や毎日出版文化賞を受賞した作品だが、

〈信長を書くことは、己れの無能無才を知ることであった〉

と、「あとがき」にはある。

司馬さんの『濃尾参州記』の取材は九六年一月にも行われ、最後に取材したのが小牧山だった。信長亡きあとの覇権を競って、秀吉と家康が戦った「小牧・長久手の戦い」の取材だったが、そもそも小牧山の歴史は信長によって切り開かれている。『国盗り物語』には、

〈信長は美濃侵略のために長年の居城の清洲を置きすて、美濃境によりちかい小牧山に城をきずき、急造の城下町をつくり、そこへ家臣の屋敷も移してしまったという。家臣団は生活の不便からこの移転をよろこばなかったが、信長は強行した〉

という記述がある。

小牧山は小牧市役所のすぐ裏手にある。市教育委員会文化振興課の中嶋隆課長が説明してくれた。

「小牧山はふたつの時代の遺構が重なり合っています。最初に信長が城を築き、次に家康が秀吉と戦うため本陣を置いた。最近の発掘調査では信長時代の発見が続いています」

まず、司馬さんが亡くなって二年後、小牧山の麓にある小牧中学校が移転し、発掘調査が行われた。

「家康の時代につくられた土塁の下から、信長時代の武家屋敷の跡が次々と見つかりました」

七十五メートル四方のもっとも大きい屋敷跡は信長の居館ではないかと見られている。現在の小牧中学が立っている場所からは、信長時代の城下町の遺構が出てきた。

〇四年から始まった試験的な調査では、山頂周辺や中腹などから、おびただしいこぶし大の石が出てきた。

「石垣を補強するため、裏につめた石だと思われます。信長時代の石垣が隠れていることはわかっていましたが、それが予想以上に大規模なものだということが明らかになり、びっくりしているんですよ」

中嶋さんの学者らしい興奮が伝わってきた。おそらく信長にとって、小牧は、〝実験都市〟だったのだろう。桶狭間に勝利したとはいえ、まだ尾張一国しか領土を持たない信長だったが、先進的な城づくり、町づくりをすでに進めていたようだ。石垣の調査はこれから本格化する。ここから、さらに新しい信長像が展開されるかもしれない。

小牧山の麓を歩きながら、九六年一月の司馬さんを思い出していた。

その一カ月後には司馬さんは世を去ってしまう。うかつな担当者の私には、全く想像もできなかった。あのとき、搦手口《からめて》の登山道近くの駐車場で、司馬さんがいった。

「元気のある人は登ってきなさい。僕はここにいるから」

同行者の半分ほどが登った。戻るまでの間、手持ちぶさたの司馬さんは、「小牧・長久手の戦い」を語りはじめた。

「この戦いは、秀吉と家康の渾身の知的ゲームでした」

両軍の動きは、話すだけではわかりにくい。小枝を拾って地面に、両軍の移動の様子などを、次々と描いた。同行者はもちろん、観光客までが集まってきた。

『街道』の取材はこれだからおもしろい。いつのまにか熱中している司馬さんの姿が誇らしかった。結局この瞬間が、二十五年続いた『街道』の最後の場面となった。

〇六年一月、夫人の福田みどりさんが書いた『司馬さんは夢の中2』(中央公論新社)が出版された。少年時代の司馬さんも登場する。司馬さんの本名は福田定一。小学生時代の友人、尾形良雄さんは、司馬さんをいまでも「サダイツチャン」と呼ぶ。学校が終わると二人でよく遊んだ。サダイツチャンは絵が上手だったと、尾形さんはいう。

「学校の先生の似顔絵から『のらくろ』『冒険ダン吉』『タンク・タンクロー』なんか、(略)ほんとうにうまかった。もちろん当時は舗装もされていません、土の道です。そこにロウセキで次々描くのです」

そういえば小牧山の司馬さんは少し子どもっぽい顔をしていた。

余談の余談❶

時代小説の世界に輝き出した彗星

山形真功

『国盗り物語』が「サンデー毎日」に連載開始されてふた月後、同誌昭和三十八年十月二十日号に、「大阪の二人の作家」と題するグラビアページがのった。

「大阪の二人の作家」とは、同じく「サンデー毎日」に『白い巨塔』を連載している山崎豊子氏と、司馬さん。

司馬さんの写真は、大坂城天守閣と、当時自宅のあった大阪・西長堀のマンモスアパートを背景にしたもの、大阪・松坂屋地下の刀剣類古物店の中での、計三点。

このグラビアページには、評論家の故・村松剛氏が「司馬遼太郎と山崎豊子の世界」を書いている。

村松剛氏は司馬さんについて、「時代小説の世界に、突然輝き出した彗星を思わせる作家である」と書き出し、「司馬さんの小説の特徴はスピーディな文章のはこびや、血なまぐさい戦闘の描写の中にも、つねに夢が――強烈な夢があることだろう」という。

さらに「司馬さんの書く女の白い肢態には、どこか謎めいた美しさがあり、それが世のつねのハードボイルド型とは、類をことにするところなのだ。そのエロティシズムには、つややかなうるおいがあり、夢がひそむ」。

『国盗り物語』を「会社乗取りの戦国時代版」とするが、作者の姿勢をこう見ている。

「この作者が単に、男性的な夢を追うロマンティストであるばかりではなく、時流を見るのに敏な眼をそなえていることが、よくわかるのであって、ぼくはそういう彼の姿から、戦争中彼が戦車隊長だった、というその履歴を、よく思いうかべる。スピードと逞しさと、周囲を見る細心さと。これほど戦車隊長に、ふさわしいイメージはないではないか」

戦車という「憂鬱な乗り物」のなかにいた司馬さんは、この文章をどんな顔をして読んだろうか。

余談の余談❷

40を越すと愛憎ともに深くなり……

山形真功

「私はどうにも、自分自身の生活や行動や心理については、それを記録して他人に見せるだけの話題価値を見出せない人間なのである」（「自分の作品について」『国文学』昭和四十八年六月）

司馬さんはたしかに、身辺雑記の類は書かなかった。とくに小説では、そうだった。

しかし、『国盗り物語』には、司馬さんがその素顔をあらわにした文章がある。「前編　斎藤道三」の終わり近い「織田の使者」の章の最初。

「少し雑談をしてみたい」と始まり、「筆者は、浪華《なにわ》の東郊、小阪という小さい町に住んでいる」と続き、年齢の話へ。

「齢《とし》も、四十を一つ二つ、過ぎてしまった。若いころ、いのちをあきらめねばならぬ環境にいたから、自分がこんな齢まで生きていようとはおもわなかった。ふと思うと、この物語のいまの段階の庄九郎とよく似た齢ではあるまいか」

そして、戦争が終わったときに一級上の将校から言われた悪態の話となり、「その捨てぜりふが気になって、私は戦後ずっと、ひとには嫌《きら》われまい、とおもって生きてきた。もともと憎《にく》体《てい》な男がにこにこ笑顔などをつくって、きょうまで生きてきた。ときどき、そういう自分がいやになり、……自分につばを吐いた」

「しかし四十を越えると、妙なことがある。他人《ひと》さまを平気できらいになってしまう。……むろん、憎悪《ぞうお》だけでなく、愛情もつよくなるようで、どうも四十を越えれば自制心のたががゆるみ、愛憎ともに深くなりまさるものらしい」

次に一行あけて、「庄九郎も、この齢、たがはずれはじめている」と、小説にもどる。

著者自身のはげしい心情吐露から小説へ、みごとな転換だが、この「雑談」の苦みには、同感とともに驚かされてしまう。

講演再録　「国盗り斎藤道三」

人間は才能があったほうがいいし、学問もあったほうがいいでしょう。技術を持っていたほうがいいし、できれば美人のほうがいい。あるいは男前であったらいい。しかし、それらを全部持っていても、全然つまらない人がいますね。何の魅力もない人がいます。そうかと思うと、そのうちのひとつしか持っていなくても、大変チャーミングな人もいます。

あの人間ならなんとかやるだろう、あいつはスカタンだけど、人と人の間をうまくくっつけて、なんとかやるだろうと思わせる、そういう魅力のある人がいるものです。

私は『国盗り物語』という小説を書いたことがありますが、主人公の斎藤道三は江戸時代から評価の定まっていた人物です。日本の歴史上、これほどの悪人はいないといわれてきた。

しかし不思議ですね。

そんな悪人が、いくら戦国初期とはいえ、どうして美濃一国の大名になってしまったのでしょう。

もともとは天秤の両端に油の桶《おけ》をぶらさげて売り歩く、一介の油売りでしかなかった男です。坊さんだったこともありますが、どうして一国の主になれたのか。

斎藤道三が美濃に行ってしばらくたつと、多くの人が彼に魅力を感じたらしいですね。

魅力とは何なのか。このことを考えることは、人間を考える際に、非常に大事なことだと思います。

道三の履歴を追ってみましょう。

まず道三は、京都の郊外に生まれました。後土御門《ごつちみかど》天皇の時代です。

後土御門天皇という方はずいぶん長く在位されていたのですが、貧乏でした。三度の食事もろくに召し上がれなかったぐらいで、五十いくつで崩御されています。亡くなってからも悲運でして、お葬式も出せず、四十七日の間そのままにされた。見るに見かねた人たちが簡単なお葬式を出したという記録があるぐらいで、そのころ道三は七歳でした。

中世の価値という価値がボロボロになり、新しい時代の到来を待っているような時代ですね。

侍たちは長い戦闘に飽きていたのか、自分が戦争する代わりに、足軽と呼ばれる者を雇って、代理に戦闘させた。

足軽とは、最初はあだ名みたいな呼び方だったと思います。ろくな鎧《よろい》も兜《かぶと》もつけず、足軽く走り回っている農村の次男坊、三男坊たち。その彼らが代理で戦闘しているうちに、だんだん実力をつけてくる。

天皇が、お葬式を出せない時代なのです。氏素性の高かった武士たちは、実際の戦闘能力を失って、足軽に取って代わられている。

一種の革命が進行していました。意識的な革命理論はないが、既成の価値がことごとく滅びていく時代だったのです。

道三は仏寺で教養を身につけた

私が中学生のころだったと思います。歴史の時間に、京都の人はみんな困ったんだと習いました。京都は応仁の戦火で焼け野原、夕雲雀《ゆうひばり》がさびしく飛んでいると。たいへん悲しい浮世の姿として、応仁の乱前後の京都を習いました。

しかし、京都をこうも考えることができますね。

京都の町には権力が渦巻いている。

京都にさえ上って旗を立てれば、天下を取ったようなものだと、権力欲が渦巻いている。うまくいかずに倒れる者たち、少しうまくいってもやがて傷つき倒れる者たち。その有り様を京都の人ならありありと眼前にすることになります。

道三もそうだったろうと思います。両親や年寄りが囲炉裏《いろり》端でいろいろ話をしたでしょう。そういうことを見聞きして成人したならば、権力というものの儚《はかな》さを知ることになる。

そして少々頭のいい人間ならば、権力というものの中身もわかってくるのではないでしょうか。

道三が僻地《へきち》に生まれていたなら、美濃の主になれたでしょうか。京都郊外に生まれたのは幸運なことでした。

京都の町に妙覚寺という、日蓮宗の寺があります。寺格の高い寺でして、学問をするお寺です。道三はこの寺に入って「学生《がくしょう》」となり、何年かの青春時代を過ごします。

このとき一緒に過ごしたのが、のちに美濃の土岐家に入る手立てをしてくれる、日《にち》運《うん》上人です。学問に優れた人で、美濃の常在寺の住職になる人ですね。道三もよく勉強ができたようで、「智恵第一の法蓮房」とたたえられています。教えの奥義によく迫り、弁舌まことにさわやかであり、だれもが名僧になる未来を信じて疑わなかったところが法蓮房は考えます。

「どうせおれは名家の出でもないし、とても一カ寺の住職などにはなれっこない。それより商人になろう」

寺を去るのですが、しかし日蓮宗の勉強をしたことは大きなプラスになったと思います。

なぜかというと、のちに彼が中世的な貴族社会に入っていくとき、大きな評価を受けた。まず、お行儀ができたからですね。中世は行儀作法がやかましい時代です。そして学問もある。ただの油売りではないということになります。

やはり学問は人生のパスポートですね。いつの時代、どの国のどの場所に行っても、学問があり、高い教養があるということは、人を油断させるものですな。こんなに物を知っていて立派な人は、まさか悪いことはしないだろうと思う。もちろん、それだけが学問教養の効用ではないですが、とにかく道三が青春時代、仏寺の生活を通じて相当の教養を身につけていたことは確かですね。

京都から南へ、大坂のほうへ流れていくのが淀川です。この川べりに山崎という町があり、道三の時代、川筋の商業港として大いに繁盛していました。ここに離宮八幡《りきゅうはちまん》というお宮があり、当時の油の座、つまり油の専売権を握っていたのです。

油は贅沢なものでした。

まだ菜種が日本には入ってきていませんでした。菜種ならたくさんの油が搾れるのですが、この当時は荏胡麻《えごま》です。荏胡麻では少ししか油が搾れませんから、せいぜい灯明にする程度で、料理になどは使えません。

灯明用といっても、お寺や貴族が買う程度でして、庶民は買えません。当時の庶民は、夜が来れば寝ちゃったんでしょう。日が暮れて部屋に灯をともしておける人は、よっぽどいい身分の人であり、こういう贅沢品の専売権を持った離宮八幡は、ずいぶん金持ちだったようですね。

さて、ここに道三が入り込みます。坊さんをやめ、油の販売人となり、商業の世界に入ったことになります。

当時、中世末期の商業は、新しい時代を迎えつつありました。中国との貿易の影響もあったのでしょうか、銭が通用する時代が始まろうとしています。これが新しい時代の商業だとするなら、道三が入り込んだのは古い商業、統制経済のほうですね。

離宮八幡には神人《じにん》と呼ばれる人たちがいて、ずいぶん横暴でした。

離宮八幡の許しなく油を売る者がいれば、容赦なく制裁を加えた。油の専売権を握るということは、そういうことであり、ここに道三は入り込む。

学んだことは大きかったですね。なぜなら、油の町「山崎」は、諸国の情報が集まるセンターでしたから。

これは伝説ですが、道三は油の行商人として、諸国を歩いたとされています。私はこの話は可能なことだったろうと思っています。経済地理というか、政治地理というか、たいそう明るくなって当然でしょう。道三はこの時期、物事を経済的にとらえる卓抜な能力を身につけていきました。

道三は行商人としても優秀だったようですね。

永楽銭を使います。枡《ます》から油を垂らすのですが、糸を垂らすように永楽銭の穴をスーッと通し、壺に入れる。

異能の道三に土岐家は無力でした

一滴でもこぼしたら、ただにすると言って人を集めて売るのです。

しかしけっしてこぼさない。中世の人には神秘的に見えたかもしれません。

中世の人間はたいそう激情的で、異能の人には弱いのです。

後に道三は美濃の土岐家でまたたくまに信頼を得ていくのですが、これは紹介者の日運上人の筋目が良かったということだけではないでしょう。

道三は油の売り方だけではなく、いろいろな点で「異能」を感じさせる男だったのではないでしょうか。

それにしてもよく美濃に目をつけました。

道三は油を売っている間に、山崎屋という油問屋の旦那におさまってしまいます。ずいぶんお金もでき、諸国の政治状況もわかってきて、野望を燃やします。

「商人だけではつまらない。国主になりたい。どこか盗《と》りやすい国はないか」

すでに室町幕府から任命されている守護大名などは、あってなきがごとき存在でした。地方地方をがっちり治め、産業をおこしたりしているのは、むしろ成り上がりの大名のほうです。

例えば尾張の織田家も成り上がりですが、信長の父親である信秀が統治していた時代、夜に家を開けっぱなしにしていても、泥棒が入らなかったそうですね。京都ではそんな危険なことはできなかった時代にです。むしろ地方のほうが、小さいけれども、がっしりとした政権が生まれていた。

ところが生まれていないところもあり、美濃がそうでした。

美濃は京都に近い。街道もよく発達していて、米の取れ高は六十五万石は下らない。国主土岐家は桔梗《ききょう》の旗印を掲げ、二百年もの間、美濃を支配していました。いざ合戦となると、桔梗の旗印のもと、村々から駆けつけてくる美濃侍は八千騎とも言われていた。

経済力もある土地だし、兵も強い。

「美濃を制する者は天下を制す」

と言われた土地です。

ところが道三の時代、肝心の土岐家がオタオタしていまして、治安の役にも立たなくなっていました。

美濃の地侍たちは落ち着きません。

新興勢力の織田信秀はしっかりしているし、北近江にも強力な勢力がおこりつつある。

このままだと美濃は人に盗られてしまうのではないか。一村ずつ潰されていくのではないか。美濃はしっかり固まらなくてはならない。だれか英雄が出てきて、固めてくれないかという機運が熟しつつあった。そう私は思うのですが、この点を道三は割合わかっていたと思います。商売上、美濃の人々の危機感を、道三は感知していたのでしょう。

道三は京都からたった一人で美濃に行き、お寺を訪ねて草鞋《わらじ》を脱いでいます。いまの岐阜市にある常在寺で、これが美濃の国の盗り始めになりますね。

ここの住職である、日運上人が美濃のたった一人の知り合いで、いろいろな人を紹介してもらいます。いつのまにか武士となり、たいして武力も使わないうちに、土岐家を乗っ取ってしまいます。土岐家は古ぼけた、家柄だけが残っているような家であり、道三の異能の前には、無力な存在でしかありませんでした。一介の油売りは美濃に入り込み、当主を京都などに追放し、一国の大名となった。そうして岐阜の金華山に城を築きます。

道三は古い権威を利用しつつ大名に上りつめましたが、新しい時代の人でした。いろいろなことをしていまして、稲葉山城というスケールの大きな城を造っています。

美濃の地侍はもちろん、近隣の諸大名もその偉観に目を奪われたことでしょう。織田信秀も一五四七（天文十六）年にこの岐阜城を攻め、大敗北を喫しています。

そのとき失った兵は織田塚に葬られていますが、この難攻不落の城を築いたことからも、道三の武将としての新しさ、そして能力の高さを十分に示しています。

しかし道三の偉大さは、全く新しい構想をもって城下町を経営したことでしょうね。まず家臣団を城下に住まわせた。

そして商人には自由に商いをさせた。「楽市楽座」ですね。商人から税金を取らない。離宮八幡のような、専売権は認めない。

道三は統制経済に入り込むことで力を得たのですが、領主としては新しい自由経済を導入した。こうして美濃には、諸国から商人がたくさん集まってきます。

自然、美濃の経済は盛んになり、豊かになった。富を活用し、道三は兵力を蓄えることもできた。美濃をしっかりとまとめあげ、尾張の織田家に対抗した。現実に適合した、独創的な領国経営により、美濃は中世から呼び戻されることができたのです。

もっとも、この経営方法は結局、隣国の織田信長に受け継がれることになります。信長は「楽市楽座」を広く普及させました。他国と戦って勝利すると、これを広めていった。経済的な意味での自由と権利を普及させることで、天下を取っていった。こう考えますと、道三こそ革命をもたらした男といえるかもしれません。その革命は信長が引き継ぎ、天下の規模で成果を示した。

道三と信長のかかわりについて触れておきますと、なかなかおもしろいですね。信長が道三の娘、濃《のう》姫をもらうのは二十歳前後のことです。信長が道三に会ったのは、わずかに一度だけでした。

美濃と尾張の国境に寺があり、ここで二人は会見しています。『太閤記』に書いてあることを信用しますと、道三は約束の時間より早く到着した。

民家からこっそり見ていて、やがて信長の行列がやってきた。

信長の格好が珍妙だったそうですね。頭の髻《もとどり》を藁《わら》のような物でくくり、ちゃんちゃんこみたいな物を着て、平然としている。道三にくっついてきた人は皆くすくす笑ったんですが、道三だけは笑わなかった。

信長の連れてきた家来の槍が長かった。さらに見事な鉄砲を持っていた。

要するに、カネのかかった武装をしている。これは尾張の富も表していますが、もっと大事なことは、信長という人物を表していると道三は考えたんでしょう。

信長が合理主義者で、経済観念のある男だと道三は思った。つまらない物にはカネをかけず、鉄砲などには惜しみなくカネを使うからですね。だれもがキツネを馬に乗せたようなものだと笑っているなか、道三は信長おそるべしと思うのです。

岐阜への帰り、

「変な男でしたね」

と言う家来たちに対し、道三はこう答えます。

「やがて自分の息子たちは、信長の門のそばに馬をつなぐことになるだろう」

軍門に降るということですね。

道三には、どういう人間が怖いかという基準があり、おそらく道三自身がその怖さの基準だったと思います。

「ああ、おれのような奴がいる。いや、おれよりすごい奴が現れてきたな」

と直観した。

そうすると道三は、信長がかわいらしくなったのでしょうね。自分が考えてきたこと、なしえなかったことを信長に話してやりたい、伝授してやりたい。むしろ自分の息子よりもかわいらしくなったかもしれません。

悪名は中世の壊し手の勲章です

中世日本史は、信長をもって最先端とします。信長は中世をたたき壊して近世を呼び寄せることになる。しかし先ほども触れましたが、その最初の役割は斎藤道三が果たしたのではないか。

道三は江戸時代、蝮《まむし》の道三などと言われ、とんでもない悪人と言われ続けました。なにしろ階級を飛び越え、一国を横取りした男です。体制の側からすれば、絶対に悪人としておかねばなりません。こんな男をもてはやすのは、江戸時代という体制にとって良いことではありません。ですから彼が背負った悪名の数々は、いわば中世の壊し手としての代償、勲章ですね。

革命家ということで道三を規定するのは、あまりにも今日的で気恥ずかしい気もするのですが、強いて革命家としてみましょう。

彼の生涯は象徴的ですな。

革命家は失敗すると悪人、とんでもない悪人になってしまいます。成功しさえすれば、レーニンのように祀《まつ》られもするのですから。

しかしどう考えても、一介の油商人が大名になるのは、不自然きわまりないと思う人もいるでしょうね。

どうして人がついていったのか。

ついていかなかった人もたくさんあったでしょうが、非常に優れた連中はついていった。

理由はいろいろ考えられます。

美濃には尾張から攻められてしまうという危機感があり、有能な人を待望する雰囲気があった。そういう空気が道三のような人間を存在させたことはたしかにあります。

しかし、それだけではありませんね。

やはり人間的な魅力がものをいいます。何がその魅力を醸し出すのか。その要因を、トランプのカードを並べるように、お話ししてきたつもりでいますが、最後のカードは次のようなことだと思います。

道三が日蓮宗で学問をし、教養を積んだということに戻ります。

日蓮宗は日本の宗教の中では特殊な感じがあります。法華経を信じ、「南無妙法蓮華経」と唱えれば、何事も成就するという。

私の生まれた家はわりと抹香くさい家でして、仏教のことは比較的よく知っているつもりなのですが、ただ日蓮宗のことは、なかなかわかりにくい思いがありました。日蓮宗に詳しい学者や知人に聞いて回ったりもしました。

「日蓮宗とは何だろうか」

しかし、はっきりと手ごたえのある答えはありませんでした。

ところが、学者でもなく、お坊さんでもない、あるお寺の門番の人がいまして、この人はよく本を読んでいましてね。こういうことを言ってくれたことがあります。

「日本の宗旨に影響を与えているのは、宗教的な理論ではなく、宗祖のパーソナリティーではないか。浄土宗なら法然、浄土真宗なら親鸞の個性がそうであり、宗祖の個性が強ければ強いほど、その個性が残っていく」

日蓮の個性は強いですからね。

彼が言うのは、その日蓮の個性の強さが、日蓮宗の宗旨に残っている。においとして残っている。料理の香りのようなもので、このにおいこそが肝心なところなのではないか。

私は、この人はなかなか偉いと思いましたね。少しわかったような気がしてさらに考えてみますと、日蓮宗のお題目は唱えていると、元気が出るようですな。

「南無阿弥陀仏」

と真夜中に唱えてみましょうか。よくいえば内面的な、悪くいえば陰々滅々といった感じになりますが、

「南無妙法蓮華経」

と大声で唱えれば、気宇壮大にもなれる。躍進する気分というか、内省する心が体じゅうから抜け、だんだん外向きの気分になる。うんと元気がよくなってきます。良いことをしようと思えば、とびきり良いこともするし、逆にとてつもなく悪いことをするかもしれませんね。

そのような宗教体験を妙覚寺で身につけた青年が、もともと野心家の、ちょうどスタンダールの『赤と黒』に出てくるジュリアン・ソレルのような青年が、自分の道を思い定めます。

道三は、何かアクシデントがあった場合に、

「しまった、悪いことをした。こんなことをして、他人はどう思うだろう」

と、忸怩《じくじ》たる気持ちになるでしょうか。私は、道三がそういう男だとは思いませんね。

「自分の行動こそ正義である」

そういう自己暗示というか、自己正当化というか、そういう観念の強い男だったのではないでしょうか。

このことは、人間を理解するとき大事なことだと思いますね。道三の場合、その正義とは何かというと、

「自分が登場しなければ、この美濃は滅びてしまう」

ということでした。

つまり悪人の代名詞のようにいわれた道三にとって悪とは何かといえば、それは「無能」ということだった。

当時、美濃を支えていた人と組織は、ほとんど無能でした。政治的な環境に鈍感な土岐家は、美濃を食いつぶす白蟻《しろあり》以外の何ものでもない。体制を新しくして秩序を立て直し、しかも治安を良くして民衆を守る。道三はこれこそ正義だと自分を信じ込ませたと私は想像しています。

こういう考え方は、日蓮宗のほうの考え方に似ていませんか。

日蓮宗の考え方は、単に自分の信仰にとどまらないところがあります。

「南無妙法蓮華経」

と唱えることには、現世的な利益も入っています。さらに、この信仰をもっと大きい国家規模に広げても、信仰に基づく自分の行動は正義であるという思想があるようですね。

道三の場合、自分がこれからすることは、世俗的なモラルから見れば悪だと思っていたかもしれません。しかし最後は、巨大なる正義をうちたてるということを、自ら強く信じた。

遺言状一枚で美濃を信長にやった

自ら信じたときに、汚れていない道三ができあがったのでしょう。汚れた、たえずキョトキョトしている後ろめたいイメージでは、けっして人はついてきません。

その考え方が正しいかどうかを言っているのではありませんよ。道三の魅力を考えたとき、自らの正義を信ずる道三の姿があります。その涼やかな風景のなかの道三こそ、人を引きつけたと思うのですが、どうでしょうか。

道三は、最後は非業に倒れます。やはり無理に無理を重ねていけば、たいていそうなります。われわれの身辺でもそういうことがありますね。

道三は国主の座を息子の義竜《よしたつ》に譲って隠居するのですが、その義竜が謀反を起こします。

義竜は道三が慈しんで育てた子ですが、実はかつて追放した土岐頼芸の愛妾《あいしょう》の子だったともいわれていますね。

道三は兵を集めました。しかし、二千数百しか集まらなかった。

ところが、義竜は地の利を得た稲葉山城に居座ったうえに、一万二千もの兵を集めました。

道三は逃げようとはしなかったのです。道三は三十年の間、古びて役に立たなくなった中世そのものと戦ってきた。すべてを捨て、悪名を負い、すべての壊し手として美濃にあり、最後まで戦い抜いて、長良川河畔で六十三歳の生涯を閉じます。

壮烈な最期ですね。

歴史を浮き沈みする人物は、無理を重ねれば道三のようになりますが、道三ほど徹底していれば、それはそれで見事なものですね。

私は『国盗り物語』を書こうとして、斎藤道三について調べることになりましたが、あまりに史料が少なくて驚いたことがあります。

道三について書かれたものは少なく、ただひとつだけ、彼自身が書いたもので本物らしいといわれているのが、二人の子供にあてた遺言状です。

実に壮烈きわまりないもので、岐阜県にはなく、京都の妙覚寺の長持ちの中から発見されたものですね。

「わざわざ申し送り候いしゅ（意趣）は、美濃はついには織田上総介《かずさのすけ》（信長）の存分にまかすべく、ゆずり状、信長に対し、つかわしわたす、その筈なり。下口《しもぐち》、出勢《しゅっせい》、眼前なり。

其方こと、堅約のごとく京の妙覚寺へのぼらるべく候。一子出家、九族天に生ず、といえり。かくのごとくととのい候。

一筆、涙ばかり。

よしそれも夢。

斎藤山城、いたって法花妙諦《ほっけみょうたい》のうち、生老病死の苦をば修羅場にいて仏果をうる。うれしいかな。

すでに明日一戦におよび、五体不具の成仏、うたがいあるべからず。げにや捨てたるこの世のはかなきものを、いずくかつゆ（露）のすみかなりけん。

弘治二年四月十九日

斎藤山城入道道三

児《こ》　まいる」

女婿の信長から尾張への亡命を勧められたけれど、あっさり断って、しかも美濃一国を、たった一片の紙片で信長にくれてやってしまう。

幼い二人の子供には京の妙覚寺で出家することを命じていますね。国を捨て、息子たちも捨て、自分の命まで捨てた道三には、何の恐れもなかったでしょう。

遺言状は墨付きも乱れ、筆先も荒れています。おそらく義竜の陣を前にして、物見の報告を聞きながら、ちびた矢立ての筆で書き上げたのでしょうね。

明日の合戦には、切り刻まれて果てることを覚悟して、「うたがいあるべからず」と豪語しています。

道三は自分の人生はこういうものだと、見極めていたんでしょう。もうこれで自分の人生の幕は下りた、長い狂言は終わったと、すっきりした気分があったかもしれません。

まるで観客みたいですね。

自分が役者というより、観客のようになり、自分を描いた狂言を見ている男がいます。道三はやはり野蛮人ではなかった。私にとっては、大変な文明人という感じがします。人間はおもしろいものですね。

一九七二年十一月二十一日、東大阪市の司馬氏宅で行われたインタビューから　聞き手＝富山県教育委員会精神開発室の島村美代子指導主事（当時）『精神開発叢書26「民族とその原形体制」（富山県教育委員会）に収録されていたものを、週刊朝日編集部の文責で再構成した。なおこのインタビューはリブリオ出版『著名人が語る〔考えるヒント〕――日本とはなんだろう』（九七年十一月刊）に収録されている。

（朝日文庫『司馬遼太郎全講演［1］』から再録）

秀吉の変貌

『新史太閤記』の世界

一転して魔王となった男

司馬さんが戦国時代を書くとき、豊臣秀吉は欠かせない。信長の部下として、家康のライバルとして、さらには黒田官兵衛の上司として、秀吉は登場する。

だいたいは元気のいい秀吉で、死を前に、わが子を案じる孤独な姿を描いた『関ケ原』は例外的な作品だろう。

若々しい活気に満ちていた時代に、長浜時代がある。はじめて領地を持ち、城を築いたのは琵琶湖畔の長浜。天下人になってからも秀吉は長浜を懐かしみ、善政を受けた長浜の人々も恩義を忘れなかった。

司馬さんは『新史太閤記』に書いている。

〈かれの在世当時だけでなく徳川時代を通じてひそかに秀吉を追慕しつづけ、神として祀りつづけた〉

いまも長浜市には豊国神社があり、復元された長浜城を中心とする公園は「豊《ほう》公園」と名がついている。

長浜市長浜城歴史博物館の太田浩司さんはいう。

「いまでも秀吉は長浜のヒーローではありますよ。しかしもう、無邪気な秀吉の出世物語では通用しませんね」

出世するまではよかった。しかし晩年は「魔王」になってしまう。甥の関白秀次一族を刑死させ、無意味な朝鮮出兵に失敗した。悪名はいまも朝鮮半島に残ったままだ。

太田さんはいっていた。

「最近の歴史ファンがよく使う言葉があるんです。『本当のところはどうなんですか』。当たり前のように語られてきた歴史の真実を知りたがっている。秀吉でいえば、政権の政治システムが本当はどうだったか、実はわかっていません」

歴史の光芒のなか、明と暗の秀吉がいた。

司馬さんの秀吉観

一九六三年、四十歳の司馬さんが書いた「私の秀吉観」というエッセー（『司馬遼太郎が考えたこと2』所収）は、

〈秀吉は、すきです〉

という一言から始まっている。

〈とくに、天下をとるまでの秀吉が、大すきです。歴史上の人物で、私が主人として仕えていいと思うのは、この時期の秀吉です〉

手放しといった感じなのだが、これはやはり織田信長の存在を抜きにしては語れない。

〈信長は、主人であったと同時に、師匠でもあったのでしょう。しかし、口にこそ出さね、信長に対する強烈な批評者でもありました。たとえば、信長は火攻めを好みましたが、秀吉は、敵の人命をあまりそこなわない水攻めをもっぱらにしました〉

秀吉は新しい道を模索していく。殺戮《さつりく》はなるべく避け、威力外交で版図をひろげていった。島津、毛利、長宗我部などとは全面対決には至っていない。信長だったら泥沼の

戦いが続いたかもしれない。

つまり信長は天才だが、その欠点の谷も深いと、司馬さんはいう。

〈その天才を学び、その谷を埋めようとした点に、秀吉のうまみがあります〉

さらに、徳川家康についても触れている。もっとも信長、秀吉とはちょっと違う感情が流れているようだ。

〈家康は功罪が大きいな。なにしろ、かれの家系を維持するためにわれわれ日本人は、三百年、たった一つのその目的のために侏儒《しゅじゅ》にされましたからね〉

大阪生まれの司馬さんの、アンチ徳川といった感情が感じられるが、この家康観、秀吉観は時代を追って変化し、作品に投影されていく。

いずれにせよ、尾張の信長と秀吉、三河の家康は、司馬さんの終生のテーマであり続けた。

〈とにかく、信長、秀吉、家康の比較論ほどおもしろいものはない。この三人の役者を、比較しうるおなじ舞台に立たせているわれわれ後世の者は、もうそれだけで幸福です〉

と、司馬さんは書いている。

さて、いまでいえば三人はすべて愛知県生まれ。〇七年、強烈な日差しのなか、「三英傑」のふるさと、愛知県を歩いた。

まず名古屋市東区徳川町の「徳川美術館」を訪ねた。尾張徳川家の膨大な伝来品を展示する博物館で、ちょうど「天下取りへの道　戦国の武将たち」という企画展が開催中だった。

三英傑が主役の展覧会だが、やはりそこは徳川美術館なので、自然と家康に重きがおかれているようだ。

「徳川家康　三方ケ原戦役画像」があった。三方ケ原の戦いで、武田信玄に手ひどくやられた直後、家康がわざわざ描かせたもの。終生戒めにしたとされる絵で、家康は屈辱と恐怖がまざりあった複雑な表情を見せている。

このほか家康の甲冑《かっちゅう》もあった。黒光りする甲冑は、熊の剛毛で覆われている。遠目だと、立ち上がれば人間ではなく、熊に見えたかもしれない。実戦で使ったものだという。

信長が秀吉夫妻にあてた手紙も展示されていた。秀吉が長浜城主時代のもので、浮気性の秀吉のことを妻のおね（寧々《ねね》）が信長に訴え、それに対する返書になる。

信長はまず、おねの容色をほめ、髪が薄くなってきた秀吉を「剝《は》げ鼠《ねずみ》」と書く。司馬さんも『新史太閤記』のなかで触れている。

〈お前がそれほどの美人であるのに、あの藤吉郎めは不足をいうらしい。もってのほか、言語道断の曲事《くせごと》である。と信長は寧々のためにふんがいしてやっている〉

さらにお前ほどの女房を剝げ鼠が持つことは二度とできないのだから自信を持てと持ち上げ、最後にあまり嫉妬はするなと、諭してもいる。秀吉の顔も立てているわけだ。

信長の意外な優しさ、主従のつながりの深さが感じられる手紙だが、それにしても、そういった手紙が徳川美術館に展示されているというのは、なんとも皮肉な感じもする。やはり人間、最後に勝たなければだめなのか。徳川美術館の学芸員、並木昌史さんがいう。

「たしかに、小牧・長久手の戦いで一度は戦った間柄ですが、家康の孫娘の千姫が（豊臣）秀頼に嫁いだりしたこともあるじゃないですか。姻戚関係でもあるわけです。豊臣家を単純に敵として考えているわけではありません」

三英傑を並べて楽しむといった雰囲気が、名古屋にはあるようだ。

「だいたい、ほかの土地では〝三英傑〟とはそれほど呼ばないでしょう。やはり愛知では、それだけ愛着も強いということでしょうね」

と、並木さんはいっていた。

毎年十月に開催される「名古屋まつり」は二〇〇七年で五十三回目を迎えたが、ここでは三英傑が活躍する。

最大の呼び物は、「郷土英傑行列」だ。名古屋の中心部を総勢七百人、二キロにわたる行列をつくり練り歩く。主役の三英傑は、公募で選ばれる。

名古屋市財政局管財課にきくと、〇六年の応募は八十一人。秀吉が三十三人でいちばん多く、次いで家康の三十人、信長が十八人だった。信長が少ないが、これは信長役が

馬に乗る必要があるからで、

「三人の人気には、ほとんど差がないと思います」（名古屋市管財課）

○五年は秀吉、信長、家康の順。

○三年は家康が一番人気。

ちなみに、○四年は、一般公募を行わなかった。その理由をたずねてみると、いかにも名古屋的な答えがかえってきた。

「五十回の記念ということで、中日ドラゴンズのOBの方々にお願いしました。信長が谷沢で秀吉は彦野、そして家康は今中でした」

さて、JR名古屋駅には「桜通口」などのほかに「太閤通口」がある。

この「太閤通口」から、車で十分ほどいくと、秀吉の出生地とされる「中村公園」（名古屋市中村区）に着く。駅からの道は太閤通で、道すがらの商店街の各所には、「豊臣秀吉公の里　尾張中村」と書かれた小旗が見える。「豊臣調剤薬局」「とよとみ幼稚園」といった看板もあり、「清正市場」「清正湯」もあった。ここは、加藤清正の出生地でもある。

中村公園に着いた。

秀吉を神と祀る豊国神社、秀吉清正記念館などがある。生誕の碑や、子ども時代の秀吉をモチーフにした銅像「日吉丸となかまたち」などもあった。この秀吉の故郷について、司馬さんは簡単に紹介している。

〈低湿地に、在所の中村がある。民家は粗末な板ぶきの小屋のようなのが、五、六十ばかりもある。殻の真黒な、よく肥えた蜆《しじみ》がとれるので近郷では知られているが、肥えているのは蜆ばかりで、人はみな痩《や》せて矮《ちい》さい〉

いまはもちろんそんなことはありえない。ただし、中村公園には独特の雰囲気がある。セミの声がすさまじい昼下がり、中村公園の正面には十台ほどのタクシーが客待ちをしていた。

名古屋の繁華街からはずいぶん離れているのに、さすがに秀吉は人気があると思っていると、公園の奥から、ゾロゾロ中高年の男性たちがやってきた。みな競輪新聞をもっている。

中村公園の奥には名古屋競輪場があり、タクシーもそれが目当てのようだった。レースに勝ってのお礼参りだろうか。豊国神社に熱心に手を合わせていく人もいた。

多少不安になった。地元のいまの秀吉の人気はどうなのだろうか。

徳川美術館に隣接する「名古屋市蓬左《ほうさ》文庫」の学芸員、下村信博さんはいう。

「地元でも、やや下がっているかもしれませんね。中村公園は明治期に秀吉を顕彰する目的でつくられていますが、そのことを知らない人もいるぐらいですから」

もともとの人気があったから顕彰する動きもあったのだが、ほかにも理由があるという。

「明治になってからの反徳川感情が大きかったし、さらにもう少し時代がすぎれば、秀吉は加藤清正とともに、海外進出のシンボルともなりました。朝鮮出兵がもてはやされたわけです」

戦後も人気はあった。

「庶民から天下人になる出世物語は人気を保ちつづけ、『今太閤』と呼ばれる人は何人もいます。しかし、時代が変わり、たとえばNHK大河ドラマの描き方にも変化が出てきます。『黄金の日日』ぐらいからでしょうか」

そういえば、晩年の司馬さんも、あまり秀吉は好きではなくなっていたようだった。一九九五年と九六年、司馬さんは『街道をゆく43　濃尾参州記』の取材で名古屋を訪ねた。書き続けてきた三英傑をもういちど考察しているが、そのとき同行した記者には、

「三人の社長のうち、もし僕が勤めるとすれば家康かな」

といっている。ずいぶん、三十余年前とは話が違っていた。

「信長では極端すぎるし、晩年の秀吉にも仕えたくはないね。家康には普通の感覚が通用しそうだろう」

消去法で家康という感じだった。

秀吉への世間の評価も、司馬さんの評価も、変貌したということだろうか。

城主が勝てない城

司馬さんは大坂城と縁が深い。

『城塞』『関ケ原』『豊臣家の人々』と、数々の小説の舞台としてきた。だからといって城に登って取材を重ねたわけではなさそうだ。一九六一年十一月の「歴史を変えた黄金の城」（『司馬遼太郎が考えたこと2』所収）に書いている。

〈この城内にひさしく入ったことがなかった。久しくどころか、小学校五年生のとき、先生に連れられて見学して以来、最近まで天守閣にはのぼったことがない〉

この当時、新聞小説『風神の門』でコンビを組んでいた山崎百々雄さんが、大阪城を取材にきた。山崎さんは、小学校以来だという話を聞き、司馬さんをしばらく見つめた。

〈やがてふきだした。

「それはひどい」〉

あまり行かない理由は、昭和にできた城と秀吉の城とではスケールが違って、イメージが壊れてしまうからだと、司馬さんは説明する。

「なるほど」と感心している山崎さんに、その場にいた司馬さんの知人で、天守閣で働く人がたまりかねたようにいう。

〈「そんなの、このひとのウソですよ。来なかったのはズボラなだけなんです」

「まずいことをいうなあ」

そのとおりでもある。たいていの大阪人は大阪城には一度は行っても、二度とは行かない。だだっぴろくて、妙につかれる城だからこりごりしてしまうのだ〉

大阪城ほど歴史的な意味の深い城はなく、知り尽くしたうえで、やんちゃをいっているようだった。

世界陸上が開かれている最中の二〇〇七年夏、妙に外国人の目立つ大阪城に行った。さすがは例年百十万人ほどが集まる大観光地で、酷暑のなか、登城の列ができている。

八階展望台が最上階で、各階には映像を中心とする展示があり、城の歴史がよくわかる。「戦国おみくじ」が売られていた。解説にいわく、

「このみくじに書かれた武将は、現在《いま》のおぬしを映しておる。いかなる言葉であれ、武将からのお告げを素直に受け入れ、精進するべし!!」

番号が書いてある棒を売店に渡した。秀吉か、家康か。しかし、

「貴方は佐々成政《さっさなりまさ》」

というお告げだった。

なんとも微妙である。

佐々成政は織田信長の最古参の家臣で、新参者の秀吉が大嫌いだったとされる。しかし秀吉は成政を必要としたと、『新史太閤記』で司馬さんは書いている。成政の能力が必要だったのではない。

〈秀吉が成政において欲しているのは、天下の評判であった〉

成政の秀吉嫌いは有名なのに、成政を厚遇したということになれば、敵対する勢力も安心し、恭順するに違いない。急いで天下を平定するためには、この評判が必要だった。もっとも成政はやがて離反し、再び臣従するが、最後は切腹させられている。『新史太閤記』はこうした人間ドラマがあちこちに出てくる。なお、みくじの運勢は吉、恋愛運は「同窓会に出会いあり」だった。

さて、司馬さんは書いている。

〈大坂城というのはふしぎな城で、この城は一度も勝ったことがない〉（『司馬遼太郎が考えたこと2』）

最初にこの地に拠点を開いたのは、浄土真宗の八世、蓮如上人。親鸞を宗祖とする浄土真宗を大教団に育て上げ、一四九六年、大坂に隠居所を置いた。これがのちの大坂（石山）本願寺になる。現在の大阪城の近辺に寺はあったようだが、正確な場所はわからない。教団は繁栄したが、十一世の顕如の時代、織田信長と対決して敗れる。しかし勝った信長も本能寺の変（一五八二年）に倒れ、大坂を拠点にはできなかった。

ここで秀吉が登場する。

秀吉は一五八三年に築城を開始、途中にインターバルをはさみつつ、十八年かけて大坂城を完成させている。しかし秀吉の死後、豊臣氏は大坂夏の陣（一六一五年）で滅亡し、城も炎上している。

徳川時代になって再建されたのが一六三〇年。以後は徳川将軍が城代を任命し、西日本に君臨した。しかし戊辰戦争の動乱の際、多くの建物は再び炎上している。その直前、大坂城にいた最後の将軍、徳川慶喜は主戦論者たちを見捨てて江戸に逃げ帰っている。

〈大坂城をとって天下を得た徳川氏は、大坂城をすてて天下をうしなった。（略）この城が開城するとき、日本史はそのつど、つねに一変した。ふしぎな城ではないか〉

現在の天守閣は一九三一（昭和六）年に再建されたもの。市民の寄付百五十万円のうち、約三分の一を使って再建されている。不思議な城を見続けてきた、大阪城天守閣前館長、中村博司さんはいう。

「司馬さんのように、小学校以来何十年も行ってないよという大阪の人はけっこういます。でも、熱心な人もいますよ。八月十八日が太閤さんの命日になるんですが、城内の豊国神社には、毎年、『太閤会』の皆さんがたくさんお集まりになります。『家康を罵《のの》る会』もありましたね。大阪が不景気なのも、阪神タイガースが優勝できないのも全部家康が悪いといっていた時代もあります。やっぱり秀吉は人気がありますね」

秀吉の城について、中村さんにさまざまな角度から話を聞いた。

まずはスケール。

天守閣の高さは秀吉時代が約四十メートルと推定されていて、徳川時代の城は石垣をふくめて約五十八メートルとなる。

現在の大阪城は江戸時代の城を再建したものなので、眺めは現在のほうがいいということになる。

「しかし敷地面積でいえば、豊臣時代は約四百万平方メートル、二キロ四方になります。これが徳川時代は約四分の一に縮小、現在に至っています」

秀吉は早くから大坂に注目していた。少なくとも明智光秀を破ったころからではないかと、中村さんはいう。

「秀吉が、大坂城は信長の後継者となる天下人が城主として入るべき城だとした記録があります。自分のことなのでしょう。交通の要衝であり、商圏として発達していた大坂を重要視している。この時代の秀吉は冴えていますね」

さらに、柴田勝家を破った直後、前田利家の娘、まあ姫への手紙でも、大坂城について熱く語っている。

「大坂城は天下統一のための拠点の城だと書いています。これからは不要な城は壊し、大坂を拠点にして、五十年ぐらいは国が静かになるようにするつもりだとし、そうしてあなたと一緒にいたいとも書いている。ラブレターなんですね。まあ姫は後に側室となりますが、この手紙を受け取ったときはまだ十三歳ほどでした。つまり、父親の利家がこの手紙を見ることを計算に入れています。頼むよという気持ちでもあり、あるいは圧力をかけたのかもしれません」

恋を語りつつ、政治も語る男のようだった。

司馬さんは、秀吉の天下統一は政治的統一というより、経済的統一という性格が濃厚だったと、『歴史を紀行する』に書いている。

徳川政権は経済だけは大坂に残した。すでに大坂は全国の物資の流通の中心地になっていて、この地位をうばえば、大混乱してしまう。

〈言いかえれば徳川時代を通じ、政治は徳川方式であったが、経済は豊臣方式のままであり、これは幕府の瓦解までつづく。大阪人がいまだに千成瓢簞《せんなりびょうたん》を尊崇するのはそういうところにある〉

中村さんもいう。

「秀吉は大坂という町を地政学的に選んだと思います。信長時代の安土は繁栄しましたが、信長が亡くなると、もとの田舎に戻った。大坂は違いますね。秀吉が死んでも、大坂城が滅びても、今につながっています。町自体の持つ力を理解していたのでしょう」

秀吉の大坂城は死後まもなく完成している。最後の課題は防衛力の強化だった。秀頼が生まれた翌年、堀を深くするなどの工事をしている。

「やがて大坂城が攻められることを想定しての防衛ですね。この時期、伏見城でも同じような工事をはじめています」

中村さんは、秀吉が、成長した秀頼との「二頭政治」を夢見ていたのではないかとみている。

「大坂城に秀頼がいて、自分は伏見城で後見しようとしました。徳川時代、将軍は秀忠だが、家康が実権を握り続けるようにした大御所政治のような形です。しかし秀吉の命が持たず、このシステムも家康に継承されたわけです」

庶民から身を起こした秀吉だが、晩年は庶民を動員し続けた。

「大坂城や聚楽第《じゅらくだい》、肥前名護屋城、伏見城など、十数年で数多くの城を建てています。城づくりもいい加減にしろという人は多かったと思いますね。後世からみれば、いろいろおもしろい人間ですが、同時代の人間としてはちょっとしんどい存在です」

と中村さんはいっていた。

さて、『歴史を紀行する』では、日本史上に名を残す各地を訪ねている。萩や鹿児島、会津若松などが取り上げられ、最後が大阪。そのタイトルは、「政権を亡ぼす宿命の都」というものだった。

秀吉の影になった男たち

もともと秀吉には何もなかった。

貧しい百姓の家に生まれ、さらには放浪した。今川家の侍に奉公したが、そこでもパッとしない。ようやく織田信長に仕えたが、腕が立つわけでもない。「猿」と呼ばれるくらいで、男ぶりがいいわけでもない。

特筆すべきは経済感覚だった。

たとえば墨俣《すのまた》城築城などの功により、信長から五百貫の加増を与えられたときのこと。『新史太閤記』では、秀吉が当惑したようにいう。

「殿様に、御損をかけた。倍の千貫はかせぎとらねばならぬ」

ただのおべんちゃらではない。

侍ではあり得ない発想だった。功名をあげ、禄《ろく》を得ることが侍としての名誉であり、『功名が辻』の山内一豊がその典型になる。

しかし、秀吉は違った。

〈猿（秀吉）はこの点、侍ではなく、あたまから商人であった。新恩を頂戴して信長に損をかけたという。損をかけた以上、敵地を切り取り、切り取る以上すくなくとも千貫切り取り、信長の出費を零にし、残る五百貫分だけ信長に儲《もう》けさせねばならぬ、という。鎌倉・室町以来の武家常識とはまったくちがっていた〉

出世してからも変わらなかった。

信長の軍団長の一人となった鳥取城攻め（一五八一年）のときも、肉弾白兵戦を否定し、因幡の国じゅうの食べ物を買い占めてしまった。

〈この奇抜な発想は、藤吉郎がその前歴もさることながら、性格として商人感覚に富んでいたからであろう〉

商人に偽装した秀吉の家臣たちが、米も麦も大豆も二倍の金で買い集めたため、鳥取城に籠城中の侍までが兵糧米などを持ち出して売った。

たちまち城内は飢饉となり、鳥取城は数カ月後に落城している。

『豊臣秀吉』（中公新書）など秀吉についての著作が多い、静岡大学教授の小和田哲男さんも、秀吉のビジネス感覚に注目している。

「秀吉が商業性を発揮できた理由として、信長の存在がありました。もともと信長は、商業の持つ力を大きく評価していた。商品経済の先進地の尾張に生まれ、清洲の商人の動きをよくみていた。南蛮貿易にも関心が高かった。そういう商業に関心のある信長がいたから、秀吉も能力を発揮することができましたね」

たとえばもし秀吉が、武田信玄に仕えていたらどうだろうか。尾張の経済センスが、「武」が強調される甲斐でそのまま通用しただろうか。

「小柄な秀吉では大した手柄を立てるのも無理で、一生足軽どまりだったのではないでしょうか。秀吉にすれば、自分の思いや能力に気づき、場を与えてくれた上司に出会えた。それが信長だったと思います」

鳥取城をおとしたときの秀吉は四十五歳だった。近江北部二十万石、播磨、但馬五十余万石、さらに因幡四十万石を実質的に支配する男になった。軍事、経済の実力は百万石をこえている。しかし、『新史太閤記』の秀吉は相変わらず、この百万石を自分のものとは思っていない。これを元手に、上様（信長）には十倍もうけてもらうと、小姓の加藤虎之助（清正）らに語っている。

秀吉はいう。

〈「おれは上様のすりこ木だ」

とも、小姓どもにいった。天下をすりつぶしてあえものをつくる道具にすぎぬ、ということであった。この思想以外に、信長の下では陽気にくらす方法はない〉

この時期、秀吉でさえ将来に不安を感じ始めていた。

織田政権は人間を機能化し、組織化して、天下統一にすべてを集中させる。『司馬遼太郎の日本史探訪』のなかで、司馬さんは語っている。

〈つらいでしょうな。私なんか自分を機能化できないから、信長会社では入社試験に落ちるかもしれませんよ〉

秀吉が百万石の力を蓄えていた時代、すでに「信長会社」をリストラされる重臣たちがいた。

織田家譜代の重臣、林通勝や佐久間信盛らはこの時期に追放されている。私財をためすぎている、働きが悪いなどといった理由だった。

さらに荒木村重は絶望的な反逆をして破滅する。秀吉は思う。

〈おなじく同僚の明智光秀はいまなおその地位にあるとはいえ、きくところでは信長から気に入られておらぬという。気に入られぬというのは織田家の軍団長のばあい、これほど危険なことはなかった。追放か、死を意味した。幸い、自分はどうやら以前のとおりであるらしい。

（が、ゆだんはできぬ）

とおもった。これからも愛されつづけてゆくことはなみたいていのことではない〉

能力で重用されたのは秀吉も光秀も同じだったが、道は分かれてしまう。二人の違いはどこにあったのだろうか。小和田さんはいう。

「秀吉も光秀も、信長の近くにいたので、二人とも信長のいい面も悪い面もよく見ていたはずなんです。そのとき、いい面だけを見て、信長のやり方を自分のものとして吸収していったのが秀吉。反対に、悪い面が目についてしまったのが光秀だと思います。まじめな光秀は、秀吉のように割り切れなかったでしょう」

たしかに光秀はまじめだった。

『街道をゆく16 叡山の諸道』で、司馬さんは比叡山焼き打ち（一五七一年）についてふれている。秀吉も光秀もこの焼き打ちに参加している。光秀は当初は反対したとされるが、結局は主力となって叡山に火をかける。

〈命令でうごく組織のおそろしさは、命令が個々の信条、思想を超えてしまうことだが、とくに光秀のように性格が几帳面で有能な場合、虐殺がたんねんなものになってしまう〉

秀吉も焼き打ちするのは嫌だっただろうが、命令には逆らえない。

しかし秀吉は、光秀よりもきまじめではなかった。

〈横《よ》川《かわ》谷をふくめた叡山北部を担当した木下藤吉郎の場合、職務をいい加減にやった。この方面に逃げた多くの者がたすかったといまでも叡山では伝承されている。光秀と秀吉の人間を考える上で、深刻な課題をふくんでいる〉

さて、秀吉には弟がいた。秀吉を支え続けた豊臣小一郎秀長である。『新史太閤記』にはあまり出番がないが、小和田さんは秀長の存在が大きかったという。

「私はよく、豊臣政権を一台の車にたとえるんです。運転席でハンドルを握って運転しているのが秀吉。そして助手席にいて、『お兄ちゃん、方向違ってるよ』とか、暴走しそうになると、『ちょっとスピード出しすぎなんじゃない？』とか、いう役目だったのが秀長です」

司馬さんの『豊臣家の人々』に「大和大納言」という章がある。のちの大和大納言秀長について、

〈うまれつきの徳人〉

と、司馬さんは書いている。

秀吉軍団の将校として若いときから活躍し、四国攻めの総大将にもなっている。さらに行政官として優れていた。難治とされる紀州や大和をよく治めた。なおかつ、豊臣政権下の軋轢《あつれき》の調整役にもなり、

〈このため大名や公卿のなかには、

——豊臣家は大和大納言で保《も》っている。

とまでいう者さえあった〉

結局、秀長が一五九一年に亡くなり、秀吉にブレーキをかける存在がいなくなってしまう。それが豊臣政権末期の混乱と崩壊を招くことになるのだが、かつて、この徳人を教育したのが秀吉の軍師、竹中半兵衛だった。

秀吉が中国攻めに出陣したときは、すでに死の床にあったが、中国攻めで活躍する秀長を訪ねてきた。

活躍したことが心配だという。

半兵衛はこれまでの秀長をほめた。功は配下に譲り、秀吉を立て続け、自分は表に出ることがなかった。

半兵衛はいう。

「よいお性質におわす」

しかしこの中国攻めでの活躍が秀長を変えてしまうことを恐れた。自然と傲慢になるかもしれず、恨みを買うかもしれない。

〈「影のようになりなされ」

と、最後にいった。秀吉の影になり、それのみで満足し、小一郎秀長という存在はすてよ、というのである。（略）兵法の極意はついにはわが身を韜晦《とうかい》することにある〉

そういって半兵衛は息を引き取り、秀長は終生その言葉に従った。

信長に仕える秀吉、その秀吉に仕える秀長と、それぞれの宮仕えがあったことになる。

「人蕩《ひとた》らし」といわれた秀吉も信長には苦労し、秀吉の影となって苦労を重ねた秀長がいた。『新史太閤記』『豊臣家の人々』のテーマは永遠で、いまだに身につまされる人もいるのではないか。

いずれにせよ、本能寺の変（一五八二年）が起きる前までの秀吉は、信長が愛用している「すりこ木」でしかなかった。光秀が本能寺を炎上させたとき、秀吉の運命もまた大きく転回する。

備中高松の律義

一五八二（天正十）年三月、秀吉は山陽道に大軍を発した。中国十カ国の覇者、毛利との最終決戦が待っていた。この戦いに勝利すれば、織田政権内での秀吉の地位は不動のものになる。しかし、そんな秀吉の前に立ちふさがった男がいた。

備中高松城主、清水宗治だった。

この城が落ちれば広島に本拠をおく毛利氏は危機に陥る。岡山城の秀吉は、間近の高松城をみて思う。

〈「これは手いたい難戦になるかもしれぬ」

と、岡山の秀吉は覚悟した。清水宗治の性格と城兵の士気、その防備などをおもいあわせると、へたに攻撃すれば一万人ほどの損害は覚悟せねばならない〉（『新史太閤記』）

腹心の黒田官兵衛も、

「これは、二年はかかりましょう」

とため息をついた。

以前に官兵衛は宗治を懐柔すべく、好条件で誘うが、にべもなく断られたことがある。戦国時代、「中国者の律義」とさかんにいわれたが、宗治ほどの人はまれで、毛利の子飼いの武将でもないのに、最初から死を覚悟して臨んでいた。

しかし宗治にとって不幸だったのは、敵将が極めてユニークだったことだった。力攻めならとことん刃向かえたのに、秀吉は妙なアイデアを思いつき、官兵衛に語りかける。

〈「湖をつくるのよ」

官兵衛は、声をのんだ。思いもよらぬ発想であった。この平野に、敵城一つ残して漫々たる湖水をつくりあげようという〉

高松城のまわりはいまも昔も田園地帯となっている。かつては池や沼もあり、その外側の東と北は山が覆う。浅いすり鉢状の地形で、たしかに西と南をふさげば湖は完成する。

岡山城からざっと十二キロほどの地点にある高松城址を歩いた。公園整備がされていて、「高松城址保興会」の江本賢司さんがいう。

「かつては東沼、北沼、西沼、南には八反堀という堀がありました。西の押し出し橋に加え、南の堀には舟を並べて舟橋とし、有事には撤去していた。つまりこの公園は秀吉によって沈められた、すり鉢の底になるわけです」

「舟橋」という橋や、「八反堀」という地名はいまも残っている。

南と西をふさぐ堤防は四キロほどにわたり、高さ十メートルにもなった。この堤防を土俵で築いていくのだが、その場合、土俵がいくら必要になるかを、秀吉は商人上がりの武将、小西弥九郎（行長）に計算させた。

「七百五十九万三千七百五十俵でござります」

捕虜二千人を動員し、さらに近在の百姓町民一万人を使った。土俵一俵につき、銭百文と米一升を与えるという条件で、百姓たちは熱狂する。ただの土が黄金に化けるわけだ。

〈「みろ、人がうごく」

と、秀吉は猿が燥《はしや》ぐような無邪気さで、はげしく手をたたいた。人を動かすというのがこの男の才能であり、欲望であり、いちどこの味を知ればこれほどおもしろいものはない、とかれ自身ひそかにおもっていた〉

人海戦術が功を奏し、わずか十二日間で堤防を築いたとされる。次いで、川を決壊させた。高松城を中心にした人工湖ができあがり、さらにはこの地方を集中豪雨が襲った。やがて六月を迎える。

〈備中高松は白い煙雨《えんう》にとざされ、築堤四キロの人工湖の水かさはいよいよふえ、湖心の城はほとんど沈みそうになっている〉

この状況に毛利氏が動いた。中国五カ国を割譲し、和議を申し入れている。ここまで奮戦した宗治主従を助ける目的もあった。

しかし秀吉は拒否した。

敵将の首もとらずに和議を結ぶことを、信長が許すはずもない。毛利の外交担当、安国寺恵瓊《えけい》は苦悩し、宗治と面会する。これまでの経緯を説明したうえで、自害をすすめた。

毛利を、さらには城兵の命を救うため、宗治は快諾する。切腹は六月四日と決まった。この一瞬一瞬が戦国のクライマックスでもあった。

〈この予備交渉が成立した日が、天正十年六月二日であった。この日の早暁《そうぎょう》、信長は地上から消えた。いわゆる本能寺ノ変がおこったのである。(略)が、備中の秀吉は知らない。むろん毛利側も知らず、知らねばこそ講和した。知れば全軍ふるいたって羽柴軍へいどみかかるであろう〉

秀吉が知ったのは三日午後十時だった。秀吉は毛利がこの情報をつかむことをおそれつつ、宗治の切腹を待った。切腹は四日正午となっていて、毛利も宗治も、ついに変報を知らぬままにそのときがくる。敵味方が見守るなか、舟に乗った白装束の宗治が姿を現す。

〈やがて宗治は立ちあがり、白扇をひらいて曲舞の「誓願寺《せいがんじ》」を一曲舞い、舞いおさめていきなり肩衣《かたぎぬ》をはねあげた。人工湖のまわりの長堤や山々に布陣する羽柴軍の全軍が

見まもるうちに、宗治の死の儀式がはじまった。これほどの晴れやかな自殺というのは史上なかったであろう。その後もない〉

宗治の兄の月清以下の同乗者も次々と切腹。秀吉は顔をくしゃくしゃにして感動しつつ、命令を下す。

「鬨《とき》をつくれ」

情報が漏れなかった安堵の涙だったかもしれない。秀吉軍は休むまもなく東へ移動を始めた。明智光秀を討つため、備中高松城からの二百キロ弱を一週間程度でとって返した。秀吉が天下を得るきっかけとなった「中国大返し」である。

宗治は四十六歳だった。

「浮世をば今こそわたれ武士《もののふ》の　名を高松の苔に残して」

という辞世を残す。「忠義の人」は、江戸時代に大人気となった。

「高松城址保興会」は毎年、「宗治祭」を行っている。会長の横田俊司さんは胸を張る。

「城兵ら五千名の命と引き換えに切腹を選んだ宗治を偲び、明治四十二年以来続いてきました」

戦時中は忠誠心が国策に利用され、戦後は逆風となったが、細々と続けられた。没後四百年を迎えた一九八二年から盛大な催しとなっている。清水宗治の子孫も、全国から詰めかけるそうだ。横田さんはいう。

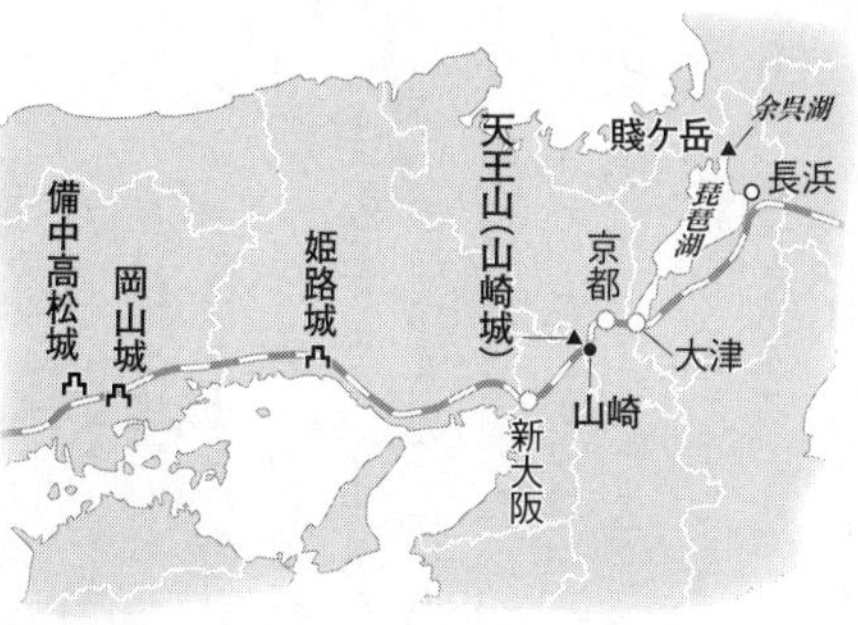

秀吉の中国大返しルート
『国盗り物語』『播磨灘物語』でもおなじみのコースを秀吉は疾走した。

「いまは北海道から九州まで、宗治の子孫だといって毎年、新しい人が来られます。もう何百人おられるか、私にもはっきりわかりません。もちろん清水家宗家の方はおられるのですが、細かいことは気にされていませんね。『日本の敗戦の将で、これだけ大きな祭りをしてもらう者はいないでしょう』と、非常に喜んでくださっています」

公園のすぐそばに、和菓子屋「清鏡庵」がある。「清鏡」は、宗治の法名。『備中高松城水攻の検証』の著者で、郷土史家の林信男さんの店だ。

いまは息子さんが後を継ぎ、伝統の「宗治饅頭」をつくり続けている。林さんはいう。

「歴史のほうに凝ってから、アンをよう焦げつかせたりしよったからね。菓子づくりは息子が熱心ですよ」

一九八五年六月二十五日、高松城付近が洪水になったことがあるという。林さんはそのとき、秀吉の本陣跡からパノラマサイズで写真を撮った。見せてもらうと、湖と化したなかに本丸跡がぽっかり浮かび、水攻めを想起させる。

「秀吉は運がいいね。大雨がなければ、水攻めも無理でした。農民たちが短期間で大堤防を築いたというのは、『太閤記』の誇張です。ここが天下をとるきっかけになったわけですからね、水攻めも大きく書いてもらわないと迫力が出ませんよ」

と、林さんはクールに語った。

宗治の死後、嫡子の景治は関ケ原の戦いで毛利とともに敗戦。防長二州に追いやられたにもかかわらず、家老に次ぐ寄組士に任じられた。

いまの山口県光市に二千五百石の領土を与えられ、既存のお寺を「清鏡寺」と改名し、亡父宗治の菩提寺とした。宗治は自刃を前に、「身持ちの事」という文章を残している。

「恩を知り　慈悲正直にねがいなく　辛労気尽し　天に任せよ」

とあり、

「酒と女房に心みだすな」

といった件《くだり》もある。

息子の景治は、終生、これを肌身離さずもっていたという。これら清水家関連の資料九十二点を保管するのが「光市文化センター」。光市教育委員会文化振興課の上田雅美さんに会った。上田さんは、「萩藩寄組清水家の墓地について」という論文をまとめていて、その後の清水家を調べている。

　幕末に十一代（十三代も）親春、十二代の親知という子孫がいて、親知は長州藩が正義派と俗論派に分かれたとき、俗論派に切腹をさせられる。

「それで二度、忠義を果たしたといわれるんです」

と、上田さんはいう。親春は奇兵隊の指揮官となり、明治維新の舞台に立った。司馬さんは書いている。

〈維新後、それらの功により、毛利本家のあっせんでこの家は男爵に列せられている。中国者の律義、という心情の伝統が、あるいははるかな後年まで生きつづけたといえるかもしれない〉

　備中高松の宗治祭にも、毛利本家から必ず花が届いているそうだ。

陽気な大悪事

一五八二（天正十）年六月、本能寺の変を知った秀吉は、毛利と講和を結び、光秀と戦うために山陽道を引き返す。本能寺の変が六月二日、講和が四日、光秀を倒したのは十三日だった。これが中国大返しで、約二百キロを一週間ほどで引き返している。秀吉という政治家の重要な特徴は、スピードかもしれない。『新史太閤記』の秀吉は姫路城に入り、髷を切って叫ぶ。

「信長公に死なれては、わしは父をなくしたみなしご同然である。わしの悲しみの大きさは、何人《なんぴと》がわかるか」

しかし、光秀を倒せば天下が見えてくる。秀吉は嘆きつつ、体の奥底から不思議なリズムが湧き上がるのを感じた。さらに信長を想う。

〈上様はわしのためにじつによくしてくだされた。その御恩の深さは生涯わすれられぬ。が、なによりも大きな御恩は、みずから死んでわしのために道を拓《ひら》いてくだされたことであろう〉

ということを、正気で思おうとした。そう思わなければ、悲しみと欲望が同時に噴きあがるものではあるまい〉

秀吉は予定戦場を京都南郊、淀川沿いとみて軍を進める。戦闘開始から約二時間で明智軍は崩壊、秀吉は、後継レースのまず先頭に立つ。

秀吉と光秀の古戦場を見下ろすのが、京都府大山崎町の天王山。ふもとにはサントリー山崎蒸溜所があり、名神高速だと、大阪―京都間の渋滞ポイント、天王山トンネルもある。

その天王山に登った。標高はたった二百七十メートルほどだが、登った時期が悪かった。八月半ばで、途中でなんども目が眩《くら》んだ。

「真夏に登るもんじゃありません」

と、城郭研究家の中井均さんがいう。もっとも「登るもんじゃない」といいつつ、行動派の中井さんは軽快に登っていく。ときどき、ふらつく記者を励ましてくれる。

「しかし、京阪神では有名なハイキングコースで、保育園児だって登りますからね。がんばりましょう」

三十分ほどで頂上についた。桂川、宇治川、木津川が合流し、淀川となるが、昔は頂上からその合流点がよく見えたと、中井さんはいう。

「いまは木が生い茂っていて、三川合流は見えにくいですが、新幹線、名神などは見えます。秀吉の時代なら、西国街道がよく見えたでしょう。水陸の交通の要衝を見下ろす、最高のロケーションです。光秀を倒してから、秀吉はこの場所の重要性に気づき、山崎城を築いています」

頂上に遺構が残っている。

「ハイキングに来た保育園児たちが頂上に来ると、弁当を食べます。そのとき腰かけやすい石があちこちにあるんですが、それらは秀吉の城の礎石なんです。リアルな戦国が手付かずで残っているでしょ。ここにはたしかに秀吉がいたんです」

それほど大きな規模ではないが、当時の最先端の技術がセットで導入された城だという。

「石垣もあったし、天守もあった。この時代の瓦も使われています。光秀を倒してから、柴田勝家を倒すまでの拠点ですね。やはり立地が重要でした」

政治の中心地の京都をにらみ、さらに、北陸を支配する柴田勝家の進路をはばむ目的があった。勝家は織田家の筆頭家老で、もともと秀吉と折り合いが悪かった。信長の死後、ふたりはともに天下を狙い、さらに鋭く対立する。

この山崎の城も、その対立のさなかに、『新史太閤記』の舞台として登場している。

一時的に秀吉を懐柔しようとした勝家は、和平の使者を送る。正使は秀吉の友人の前田又左衛門利家で、副使のひとりに、金森長近がいた。金森は秀吉と天王山の山腹の道を歩きつつ、天王山の立地に感心する。天下を狙う秀吉の意図にふるえる思いをもち、なおかつ、秀吉の大将としての器に魅せられる。勝家の和平は偽りであることを、それとなく秀吉に知らせようとする。

〈「これは推察にすぎませぬ。あくまでも推察にすぎませぬが、柴田どのにはご油断なきよう」と、そのあたりの小鳥の声にまぎれるほどに小さな声でいった。秀吉は、うなずいた。

「感謝する」

と、いった。人の好意によろこばぬと人はかえって裏切るということを、秀吉はよく知っている〉

『新史太閤記』は人事のドラマでもある。金森はのちに、秀吉政権下で大名となる。秀吉は若いころから外交に長け、数多くの裏切りの演出をしてきたが、その演出に暗さがなかった。いわば、明るく裏切らせることができた。

自分自身の出処進退についてもそうで、あれだけ信長の忠臣だったのにもかかわらず、その子孫にまで忠節を尽くすつもりは全くなかった。これは部下をこき使いすぎた信長の人徳のなさでもあったが、戦国時代そのものでもあった。

「こんどは、おれが儲ける番だ」

と、秀吉は自分に言い聞かせ、さらに念を押す。

〈織田家の権を、その遺児どもには呉《く》れてやらず、自分が横取りにとらねばならぬ。いわば、大悪事である。

（人間一生のうち、飛躍を遂げようとおもえば生涯に一度だけ、渾身《こんしん》の智恵をしぼって悪事をせねばならぬ）

秀吉はそうおもった。ここで秀吉にとってかんじんなことは、悪事を思いきって陽気にやらねばならぬことであった〉

大悪事の先には、天下が待っている。そのための最大の障害となる男を除かなくてはならない。秀吉と勝家の戦いは、一五八三（天正十一）年三月から四月にかけておこる。現在の滋賀県長浜市木之本町、余呉町を中心とした地域で広範囲に行われたのが「賤《しず》ケ《が》岳《たけ》の戦い」だった。

『新史太閤記』では、勝家と秀吉が一時的に休戦した際、秀吉から休戦の条件として、「賤ケ岳での木材伐採」があげられている。大津から岐阜までの道中に休息所をつくりたいが、琵琶湖湖東には良材を産出する山が少ない。湖北の賤ケ岳付近で木を切り出したいと、秀吉は頼む。

勝家が北陸から近江平野に出る場合を見通してのことだった。

〈近江平野に出る最後の山々が賤ケ岳山塊であり、柴田との予想される戦場はこのあたりになるにちがいない。秀吉が材木伐採にことよせて人夫をその山中に入れたがってい

るのは、山中の戦略地理をつぶさに知っておこうとするためにちがいなかった〉

秀吉は休戦の間に、勝家側の織田信孝（美濃）、滝川一益（伊勢）らを次々に撃破した。雪をかきわけ出てきた勝家と、余呉湖をはさんでにらみ合いが始まる。お互いに陣地を構築した。やはり、その遺構は残っている。中井均さんは、両者を比較していう。

「陣地の作り方が違いますね。勝家のほうは、たとえ持っている軍勢が少数になっても長浜に出たいという思いがあり、陣地の作り方は、ベースキャンプ程度の簡単なものです。むしろ、軍道に力を入れています。記録によると、三間ばかりの軍道を数多くきりひらいたとあり、いまでも痕跡があります。陣地間をすばやく移動し、攻撃する目的です」

攻撃的な勝家に対し、秀吉は迎え撃つ姿勢をとった。

「秀吉は、恒久的な陣地をはりめぐらしています。土塁は高いし、堀も深い。土木的な技術はすぐれています。勝家の南下を防ぐことに力点が置かれています。織田の同門ながら、両者はずいぶんちがいます」

三月の半ばからにらみ合いが始まり、実戦は四月二十日、二十一日のほぼ二日で終わった。勝家の勇将、佐久間盛政が秀吉の陣地に深く進入したところを、秀吉は反撃、さらに追撃した。佐久間もよく戦っていたが、そのとき異変がおこる。戦況はまだまだこれからというときに、勝家側の武将が旗を巻き、陣幕をはずし、隊列をととのえ、静かに退却した。

〈前田利家であった。

「又左が退く、又左が退く」

と、佐久間盛政はこのときはじめて狼狽《ろうばい》した〉

織田家中にあって、利家は律義な男として知られていた。しかし、現実の戦闘を見るにつけ、勝家の敗北を予想したのだろう。

〈柴田方が負ければ利家は自滅しなければならない。それよりも「友情と律義」によってこの場は兵を退き、秀吉に恩を売っておくほうが身のためであろう〉

と、司馬さんは書いている。

ここでも人事が勝敗を分けた。

利家の退却は、柴田方を崩壊させた。諸将はあらそって退却し、佐久間は捕らえられ、勝家も本拠地の北ノ庄城（福井市）に退却した。四月二十四日、勝家は信長の妹で、夫人のお市らとともに自刃する。

天下は目前となっていた。

大阪人が好む秀吉

秀吉は風呂が好きで、『新史太閤記』にも入浴の場面が出てくる。光秀と決戦するために山陽道を駆け、本拠地の姫路城に入ったとき、秀吉は風呂に飛び込む。鎧《よろい》から下着まで、着衣に泥がつまっていた。

〈それが汗とあぶらで蒸れて、もう光秀などどうでもよいとおもうほどに痒《かゆ》い〉という状態で、「湯殿の支度をせよ」と、わざわざ早くから伝令を飛ばしていたぐらいだった。

その湯殿は三室に分かれ、八畳ほどの浴場には、垢《あか》すりの侍女が、赤いたすき掛け、腰は尻端折《しりつぱしよ》りでひかえていた。湯釜と、水釜がある。

〈女はまず手桶《ておけ》をかかげ、秀吉の背をざっと流した。秀吉は浴場のすみにある風呂小屋に身を入れた。犬小屋ほどの狭さで、閉めきると床のすきまから湯気があがってきてからだじゅうのあぶらを溶かした〉

そのあとは垢を落としてもらう。

った。


秀吉はご機嫌だった。風呂もいいが、女性がいるのもうれしい。

〈ながい戦陣のくらしで女がことに香《かぐ》わしい。秀吉は背後に手をのばして女の裾をさぐった。

「笑うなよ」

と言いながら、秀吉自身が皺《しわ》を寄せて笑っている。手だけが真剣に動いていた〉

風呂は蒸し風呂のようだが、秀吉ゆかりの風呂桶も見たことがある。

姫路、松本、彦根と並ぶ、国宝の城に犬山城がある。天守閣はもっとも早く造られ、城の創建は十六世紀の前半とされている。

この城の旧主・成瀬家の文物などを展示しているのが、犬山市文化史料館。ここでときどき秀吉の風呂桶一式が展示されている。正確にいえば、「黒塗菊桐蒔絵《くろぬりきくきりまきえ》風呂桶　伝羽柴秀吉所用」で、犬山城白帝文庫の所蔵品だ。小牧・長久手の戦い（一五八四年）のとき、犬山城に入った秀吉が使い、その後、成瀬家に伝わった。江戸時代末期の備品台帳にも記載がある。

高さ六十六センチ、直径七十三センチと、現代の平均的な日本人男性が入れば、湯があふれてしまいそうではある。秀吉は身長が一五〇センチほどといわれるが、あるいはもっと小さかったのかと思ってしまった。もっとも、白帝文庫の学芸員、白水《しろみず》正さんはいう。

「当時や江戸期の風呂桶そのものが、それほど大きくはなかったですからね」

　この時代は風呂桶そのものが珍しいという。さらに漆《うるし》塗りである。

「風呂桶といえば普通は白木ですが、これは蒔絵も入っています。豪華で、秀吉らしい。当時は蒸し風呂がほとんどで、今の風呂桶にお湯をわかして入るシステムは秀吉が広めたという説もあるくらいです」

　もっとも小牧・長久手の戦いのとき、ずっと犬山城で風呂を楽しんでいたわけではない。

「犬山城にいたのはほんの数日で、小牧山に陣地を構えた家康に対峙《たいじ》するため、前線に陣地をつくり、秀吉もそこに滞陣しています。風呂桶は持ち運べるサイズですから、その陣地で使ったかもしれませんね」

　と、白水さんはいっていた。

　光秀を倒し、勝家を倒した秀吉にとって、最後の壁が徳川家康だった。家康は本能寺の変の後、着実に力をつけていた。甲州、信州を手に入れ、版図を拡大した。さらに東の北条氏と同盟をむすび、秀吉からの脅威にそなえた。家康を懐柔しようと、秀吉が自分以上に高い官位を贈っても、家康は黙殺を続ける。やがて秀吉に不満をもつ織田信雄《のぶかつ》の挙兵に力を貸すべく、尾張に兵を出した。本拠地を小牧山とし、秀吉の大軍を前に一歩もひかない構えをみせた。

この戦いは結局、家康の局地的な勝利に終わる。両軍がにらみあっているとき、家康の本拠地の三河を攻めようとする動きが秀吉軍にあった。美濃大垣城主の池田勝入斎《しょうにゅうさい》が執拗に主張し、秀吉はついに許した。勝入斎は織田家の先輩でもあり、寄り合い所帯の秀吉は反対ができなかった。

結果的に勝入斎をはじめ、秀吉の甥の三好秀次（のちの関白）ら秀吉軍二万は、逆に待ち伏せをされて、大敗した。これが長久手の戦いで、勝入斎は戦死している。

しかし、敗報を聞いた秀吉は諸将をまえにしてたかだかと笑い、家康の武勇をほめ、なおもいった。

〈「それほどの人に、のちのち、この秀吉が長袴《ながばかま》をはかせ、上洛《じょうらく》せしめんこと、ひたひたとこの胸のうちにあり」

要するに戦勝者の家康を、いまに京にのぼらせて臣礼をとらせる、その方策はすでにこの胸のうちにあるというのである〉

秀吉はしばらく対峙戦を続け、その後戦場を離脱し、同盟者の織田信雄を攻め、和睦に追い込んだ。

同盟者が和睦してしまえば、戦闘の理由も消滅してしまう。

ここからは再び外交戦となり、家康はなおも臣従を拒んだが、小牧・長久手の二年後、大坂城に登城する。ここで秀吉の天下統一はほぼ約束されたことになった。もっとも秀吉の死後、家康が天下の簒奪《さんだつ》者となるわけで、豊臣と徳川の戦いは、これ以降もまだまだ続いたことになる。

司馬さんと親交が深く、大阪に縁の深い秀吉について触れた著作も多い、作家の藤本義一さんに話を聞いた。司馬さんの秀吉像、さらには大阪人の秀吉像を語ってくれた。

「もともと司馬さんは秀吉が好きだとは思うんですけど、キタのバーで飲んで話を聞いていて、年々、徐々に家康に傾いてきたな、というのがわかりましたね。『家康は冷静だ』というんです。秀吉の狂気の部分がないという。僕は文句をいったんですけどね、『秀吉でいけー』って。それでも司馬さんは、冷静に秀吉を見ていたね」

義一さんは、司馬さんよりも秀吉びいきのようだ。

「大阪では『太閤はん』と呼んでますな。『信長はん』はいわないし、もちろん『家康はん』とは絶対にいわない。滅ぼした人ですから。われわれが小学校のときも、家康のことは先生もほめんもんね。秀吉ばかりほめる。『太閤はんみたいになれ』とね。貧しいながらも手柄を立てて金を得るという、単純さみたいなものがまず好かれている。それから、大阪のおっちゃんたちは、好色ぶりを称賛するところもあるな。司馬さんはあまり書かなかったけどね」

司馬さんにとって秀吉はぴったりのテーマのようだが、女性とのかかわりはどちらかというと避けているように思えたと、藤本さんはいう。

「女性のこととか、生々しい部分を深く書いていくと、自分も分析されるような気分があったんとちがうかな。僕やったら、秀吉を取り囲んだ女ばかり書くやろけどね。これほどぐるりの女性に手をつけた男もいない。淀君とか北政所《きたのまんどころ》はもちろん、女好きではあった。しかし一方で、女によって自分を変える男でもない。『女は女』という人なんだけど、司馬さんは触ってないね」

大阪は商売の町であり、秀吉の先見性もまた好かれているという。

「利休をスタッフに加えるという冷静さがある一方で、彼を死に追いつめていく。今でいえば〝ファンド投資〟みたいなこともする。ホリエモンが立ち上げたライブドアは、秀吉にとっての大坂城でしょうな。大坂城建てて、次に伸ばした手が行き過ぎて、えらいことになる。村上世彰は石田三成かな」

豊臣家の「天下商売」はやがて立ち行かなくなるが、これも大阪にはよくあるパターンだという。

「秀頼、秀次を見ていると、いかにも大阪商人の二世、三世という感じがする。創業者のじいさんが倒れたら終わりです。秀吉の秀次に対する残酷な仕打ちを嫌う人も多いでしょうが、いまでも弟を葬ってしまうような話が大阪にはありますよ。自分の子どもに後を継がすんですけど、力およばずといった企業も多いですな。栄華が続かない。しかし、続いてたまるかとも思うんです。惜しいとも思わない。そういうところは豊臣家の末路をみる大阪人の目にも通じますね」

最後に、いまの時代に「太閤記」を書くのは難しいが、ネットの世界でなら可能性はあるかもしれないという話になった。

「誰かが作ったブログや掲示板に、どんどん『乗せていく』ように書き込んでいく。そもそも秀吉のやってきていること自体が、ブログみたいなものです。次々新しいものを加えていった。信長も家康も携帯では書けませんが、秀吉は書ける。側室もいっぱいおるしね。私生活を示しているから、今日的な意味合いで興味を持たれるのは、やっぱり秀吉でしょうな」

『新史太閤記』は家康を臣従させたところで、話は終わる。しかし今日的に秀吉を考えるとき、肥前名護屋城（佐賀県唐津市）は無視できない。名護屋城は無謀な朝鮮出兵の前線基地で、秀吉が戦争のために造った最後の城。秀吉政権の落日が迫っていた。

肥前名護屋の白日夢

秀吉の全国統一は着々と進んだ。一五八六（天正十四）年に徳川家康を、翌年には島津氏を臣下とした。九〇年には北条氏を滅ぼし、伊達政宗も秀吉の軍門に下っている。その後奥州を平定、ついに全国統一は完成した。秀吉は五十四歳で、主君の信長がなしえなかった念願を果たしたことになる。

しかし、次第に理性を失っていく。いつからか、秀吉は「唐入り」を企てていたのである。明《みん》国を征服するため、朝鮮国に道案内をさせようとした。夜郎自大の要求は反発をまねくだけで、朝鮮は拒否し、これに怒った秀吉は朝鮮出兵を決めた。

これが「文禄・慶長の役」（九二〜九八年）で、約七年間、朝鮮半島を舞台に戦闘が繰り広げられた。禍根は残り、秀吉といえば許しがたい侵略者として、朝鮮半島では記憶されている。その前線基地になったのが、肥前名護屋城だった。

九一年十月から工事が始まり、城造りの名人、加藤清正らの突貫工事によって、六カ月余りで完成している。玄界灘に突き出た東松浦半島にあり、現在の住所だと、佐賀県唐津市鎮西町名護屋になる。東松浦周辺はリアス式海岸で水深が深く、軍港には適していた。さらに独立した丘陵も多く、陣屋を造るのにも好都合だったようだ。

基地といっても巨大な城で、総面積は約十七万平方メートルにもなる。当時としては大坂城につぐ規模だった。さらに、標高八十九メートルの山頂にある城の本丸から半径三キロの範囲に、約百三十カ所もの陣跡が確認されている。百六十もの大名が、次々と陣屋を造った跡になる。発掘作業に長年たずさわってきた、佐賀県教育庁の宮武正登さんはいう。

「朝鮮半島への渡海を命じられたのは西国の大名だけですが、全国から大名が呼びつけられた。秀吉一流のデモンストレーションでしたね。ここに桃山文化の見本市のような都市が形成されました」

田畑と小さな漁港しかなかった寒村に、あっというまに城下町が形成された。侍だけでなく、城や陣屋の工事の労働者もたくさんいた。回船問屋や、料理屋や旅籠《はたご》、見世物小屋まで次々に開業した。

「名護屋には、ざっと見積もって二十五万から三十万人が生活していました。京都もしのいでいたでしょう。当時はパリの人口でも約十五万人、ロンドンが約十三万人です。佐賀に世界屈指の巨大都市があったんです」

秀吉自らも九二年四月に着陣し、約一年滞在した。戦闘のほうも最初は優勢で、秀吉はさぞかし機嫌がよかっただろう。小西行長らの一番隊を皮切りに、九番隊までの約十六万の軍勢が朝鮮に入り、ソウルをおとすなど、全土に広く展開した。しかし朝鮮軍も名将、李舜臣を中心として反撃、明軍も援軍に乗り出し、各地で膠着《こうちゃく》状態が続くことになる。

長期間の滞在となり、全国の大名たちはそれぞれの時間をすごしたようだ。ずいぶん温度差があったようだと、宮武さんは話す。

「西国大名はわりと本気です。領土拡張のためのチャンスだと考え、出兵にも最初は積極的でした。しかし後詰めの近畿や関東、東北の大名たちに戦意は感じません。近畿の大名たちは能や茶の湯などに明け暮れ、一方、東北などの地方大名は中央の文化になじめず、大変だったようです。津軽為信が、自分の家臣が前田利家の家臣にばかにされて憤慨した、という文書も残っていますね」

司馬さんも『街道をゆく11 肥前の諸街道』(一九七七年)で、城跡を訪ねている。唐津への夜道を急いでいた司馬さんは、名護屋にさしかかる。車のライトが右側の崖を照らすと、意外な発見があったようだ。

〈「堀久太郎陣跡」

という看板が出ていた。こういう海浜で〝名人久太郎〟の名前に出くわそうとは、思

わなかった〉

ただの看板なのに、古い知り合いに出会ったかのように書いている。堀久太郎は司馬さんの小説にときどき登場する。秀吉との縁はふかく、毛利攻めのときは、信長の軍監として秀吉の陣にいた。そのまま「中国大返し」に参加し、秀吉の大名となっていく。〈名人久太郎といわれたのは、人柄が謙虚なうえに、軍事、行政、あるいは財政にいたるまで何事もそつなくできたというふしぎな器量をさしてのことらしい〉

久太郎は北条攻めの陣中で死んでいるため、名護屋に滞陣したのは息子の堀秀治だった。堀秀治の陣跡は約十万平方メートルにおよぶ。丘陵の頂上に御殿や能舞台、数寄屋〈茶室〉も備える豪華なものだったという。

久太郎に思いをはせたあと、司馬さんは唐津の菓子店に急いだ。唐津名物の松露饅頭《しょうろまんじゅう》を買うためで、店が閉まる時間が迫っていた。司馬さんや装画の須田剋太さんたちは、不思議な食べ方を試している。

〈饅頭は名のとおり松露ほどの小ささで、皮は焦げ色である。あんこはさほどに甘くなく、試みににがいカンパリー・ソーダを注文して、食いながら飲んでみた。存外合わぬでもなく、もしこの式がヨーロッパで流行するとすれば、われわれは大いにカンパリーには饅頭というふうに通ぶるかもしれなかった〉

カンパリ式、まだ流行する気配はない。

さて、陣跡の分布をみると、まさにオールジャパンだった。大名の配陣も絶妙で、城のまわりには譜代衆の加藤清正や福島正則などが並ぶ。その外縁部をシンパの前田利家や宇喜多秀家らが囲んだ。

「いちばん外側がうるさい連中の島津義弘や伊達政宗などですね」

と、宮武さんはいう。

利家と家康は豊臣政権の五大老となっているが、家来同士のあいだでは小競り合いもあった。一触即発の雰囲気になっていたようだ。

「秀吉も気を遣ったようで、途中で陣変えを行っています。徳川と前田は目を離すと何をするかわからんと考えたんでしょう」

家康は独特の存在だった。

国内最大の大名である威厳を示すように一万五千人の軍勢を引き連れて名護屋入り。本陣と別陣だけで八万平方メートルも有しているが、発掘調査からは贅沢な暮らしを想像させるものは出てこない。質朴な三河武士の迫力を感じさせる。

「石垣を積んでいるのは名護屋城が見えるほうだけで、見えないほうはただの土塁ですませています。建物も掘っ立て小屋程度でしょう。家康は朝鮮出兵など、くだらないと思っていた。それがよく表れています」

小説『関ケ原』で名護屋城が登場する場面がある。長滞陣に退屈した秀吉は、仮装園遊会を企画した。瓜畑の上に仮装の町をつくり、大名たちを仮装させた。大名たちは器用に旅籠の親父、茶売り、尼僧と変身をみせた。司馬さんは書いている。

〈――家康はどうするか。

というのが、秀吉の関心事だったろう〉

秀吉自身がきたない瓜売りの親父になっているため、家康も何かに仮装する必要があった。やがて家康が現れる。

〈仮装の町の辻にでっぷりとふとったあじか（土運びのザルに似たもの）売りがあらわれたのである。

家康であった。いかにも不器用に荷をにない、荷をふりふり、

「あじか買わし、あじか買わし」

と呼ばってきた。内心、おそらく不機嫌であったろうが、秀吉の機嫌を損じてはなるまいと思ったのであろう〉

秀吉と家康の複雑な関係が垣間見えてくるエピソードで、

〈たがいに怖《おそ》れ、機嫌をとりあい、

（いつあの男が死ぬか）

とひそかに思いあってきたに違いない〉

と、司馬さんは書いている。家康はじっと、秀吉の残りの時間を計っていたのかもし

れない。

それにしても、あらためて秀吉の人間としての衰えを思った。あれほど青壮期に聡明だった男が、なぜ朝鮮に兵を出したのだろうか。宮武さんはいう。

「秀吉の領土欲もあれば、名誉欲もあると思います。でも、私個人は、戦国時代というバブルのせいだと思います。天下統一された瞬間に、百年続いた戦争経済がストップし、諸大名に褒美を与えようとしてもすでに何もなかった。戦争が生んだ秀吉政権の必然であり、限界だったと思います」

秀吉は長い戦いに飽きたように、やがて大坂城に帰ってしまう。待望の第二子（のちの秀頼）が誕生したためでもある。戦いは中断をはさんで続いたが、秀吉が六十二歳で死んだ一五九八年、ようやく日本軍が撤兵して終わっている。

バブルの申し子だった秀吉が消え、やがてその血族も消えていく。用がなくなった名護屋城も廃城となった。当然、世界屈指の都市は消え、ふたたび寒村に戻っている。壮大なフィクションの終焉だった。

余談の余談❸

司馬さんも驚く信長の徹底したケチぶり

和田　宏

　中世の闇を吹き払った信長という人物は、天才であると同時に司馬表現によれば「狂躁暴《きようそうぼう》戻《れい》」の人でもあった。あの常軌を逸した合理精神は一体どこからきたものであろう。人を道具としか見ず、その性能のみで量り、とことんこき使う。秀吉など出がはっきりしない者どもでも、役に立てばどんどん抜擢するのである。

　身上《しんしよう》にあまる多方面作戦を展開したため、フトコロが窮屈だったのだろうが、合理精神が金銭に向かうとき、世間ではこれをケチという。歴代の家老でも給料分働かないといってあっさりリストラする。「苦労苦労」と戦功があった男に手元の柿を二つ三つ与えるという人物なのである。もちろん家来どもには休みなどやらない。

　司馬さんもあきれているが、天皇家に進物としてマクワ瓜をたったの二個というのはいかがなものであろう。総理大臣が天皇家にお中元をするものかどうか、下々の住民だから知らないが、メロン二個ということはないだろうな。なにせ先様はお孫さんだけでも四人いらっしゃるのだ、みんなで食べるのに苦労するではないか……どうも話がいじましくなったのは、筆者のケチのせいであった。

信長は言葉までケチって、「デアルカ」とか「見よや、者」とか、文章の断片を叫ぶ。自分の子どもの名前でさえ、考えるのも惜しんで「人」などとつけたりする。

秀吉は下級の出で、安く使えるので追い回された。信長の投げる球が暴投でもなんとか受け止めたのは、司馬さんのいうように、互いに似たものがあったからであろう。しかも司馬さんは「運命の旨《うま》み」と書くが、秀吉はとびきりの運に恵まれた男でもあった。

少しでいいからあやかりたい。坂本竜馬によると、「運の悪い者は風呂よりいでんとして、キンタマつめわりて死ぬものあり」とか。それだけはいやだ。

黒田官兵衛の「軍師の器」

『播磨灘物語』の世界

秀吉、家康が恐れた黒田官兵衛の「謀略と無欲」

豊臣秀吉を支えた軍師、黒田官兵衛（如水《じょすい》）は、司馬さんの大のお気に入りのようだ。長編『播磨灘物語』のあとがきは、

〈町角で別れたあとも余韻ののこる感じの存在である。友人にもつなら、こういう男を持ちたい〉

と、結んでいる。

官兵衛はたしかに魅力がある。

現在の兵庫県姫路市東部に本拠があった小寺氏の家老の子としてうまれ、天下を取るのは織田信長だと先物買いをする。

播磨以西に支配を伸ばそうとする秀吉の仕事を助け、鳥取城の包囲戦、高松城の水攻めなどで軍功をあげた。秀吉の天下統一に、もっとも貢献したとされる。

しかし、秀吉は官兵衛を、司馬さんのように「友人に持ちたい」とは考えなかった。大功にもかかわらず、中津十二万石余にとどめた。さらに秀吉は側近をあつめて夜話

をしたとき、自分の死後に天下を取るのは徳川家康でも前田利家でもなく、官兵衛だといった。十二万石でなにができましょうという側近に、秀吉はいう。
「あの者の凄味を、おまえたちは知らない。おれはむかし彼と山野で起き伏した。おれだけが知っている」（『豊臣家の人々』）
いわば冷遇されたが、不平をいうことはなかった。そして秀吉の予言どおり、関ケ原の戦いでは最後の博打《ばくち》を打ち、家康に気味の悪い思いをさせている。
最後まで謀略の人であり続け、司馬さんによれば無欲でもあった。余計に秀吉や家康は不気味だったろう。明晰な合理主義に貫かれ、しかも凄みを失わない「友人」だったのである。

私の播州

『播磨《はりま》灘《なだ》物語』の主人公、黒田官兵衛（一五四六〜一六〇四）は豊臣秀吉を支える軍師として活躍した。

戦術にすぐれ、戦略家でもあった。秀吉の毛利攻めで本領を発揮し、結局のところ秀吉・毛利の共存を実現させた。のちに九州の中津十二万石余の大名となっている。さらに跡を継いだ黒田長政は関ケ原で活躍し、筑前（福岡県西部）五十二万石余の大大名にのぼりつめている。すでに官兵衛は隠棲《いんせい》し、「如水《じょすい》」と名乗っていた。

〈如水は、渾身《こんしん》、知恵で詰まっていた。

それに、慈悲心がつよく、家臣の教育にも心掛けた。その家来たちが〝黒田武士〟とよばれるほどに独特の気風をもつ集団になったのは、かれの薫陶による〉（『街道をゆく34 大徳寺散歩、中津・宇佐のみち』）

クリスチャンであり、連歌をたしなむ文化人でもあった。大坂城などの設計も手がけ、荒廃していた博多の町の再建にも力を注いだ。

播磨の官兵衛ゆかりの城、神社、寺
広畑天満宮は司馬家三代とつながりがある。

その一生は、播磨（兵庫県南西部）にはじまる。二〇一一年十二月だと人口約五十四万の兵庫県姫路市だが、官兵衛がうまれたころは寒村だった。

黒田家は姫路が地元ではない。祖父の代になって備前（岡山県南東部）から流れてきた。

〈そのころの姫路は、一望、草遠い野面《のづら》のなかの小さな村にすぎない。

村のなかに、丘がある。土地のひとは、「姫山」とよんでいた。姫路山とよぶ人もある〉（『播磨灘物語』）

官兵衛の祖父、重隆は御着《ごちゃく》（姫路市東部）を本拠にしていた小寺《こでら》氏の家老となり、姫路山にあった小城をまかされる。これが現在の優美な姫路城のはるかに遠い前身になる。重隆の子の職隆《もとたか》（兵庫《ひょうご》助《のすけ》）が跡を継ぎ、さらに官兵衛も二十歳そこそこで家老職となった。

戦国末期、播磨は大小の豪族が乱立し、小寺氏も小競り合いを繰り返していた。若き家老の官兵衛はどうやら退屈していたようだ。

〈この程度の小天地であくせくして自分は生涯をおわるのか〉

という倦怠《けんたい》が、たえずかれを憂鬱にしていたし、そういう自分を奮い立たせるにはより大きな世界があるという夢想であった。その夢想とは、ときに自分こそ天下を統一すべき人間ではないかと想うことでもあった〉

夢想が官兵衛を走らせる。

官兵衛はたびたび京都に行き、日の出の勢いの信長に接近を図っていく。全国統一をめざす信長と安芸《あき》（広島県西部）を本拠にする毛利は、やがて戦う運命にある。播州《ばんしゅう》はその通り道にあたり、どちらにつくか、豪族たちは悩んでいたという。

律義な家風で知られる毛利を頼る声が高かった播州にあり、官兵衛は織田家につくことを主張する。

主家の小寺家も毛利に親近感をもちつつも、合理的な官兵衛の説得に従うことをきめる。理屈ではだれも官兵衛には勝てない。

しかし若き家老は家中で人気がなかった。

〈小面《こつら》憎いのである。

といって官兵衛に野心や私心があるようにはみえないため、攻撃の材料がない。せいぜい、

「小童《こわっぱ》が、おとなぶるか」

と、かげで渋面《じゅうめん》をつくっている程度で、ともかくも官兵衛のおとなぶるさまがかれらの気に食わなかった〉

中央の政治ばかり考え、しょっちゅう京都に行くことも反感を買った。先進的だが、孤立する地方のインテリ青年といった感がある。軽い反感はやがて大きく積もり、官兵衛の人生を大きく変えることになる。

ところで、司馬さんのルーツも、官兵衛と同じ姫路にあった。姫路文学館主催の講演（一九九二年四月二十五日）で語っている。

〈戦国時代の姫路に英賀《あが》城というちっぽけなお城があって、織田信長に反旗をひるがえしていました。やがて落城し、こもっていた侍たちも城を出た。私の先祖はその一人だったようです〉（『司馬遼太郎全講演［5］』）

英賀城は、姫路城から六キロほど南西の海側へ下ったところにあった小さな城。のちに秀吉や官兵衛によって攻められ、枯れ葉が落ちるように消えた。そのとき逃げのびた城兵の末裔《まつえい》が司馬さんにあたるわけだ。

その後、祖父の福田惣八さんの代まで、英賀城の城下にある広（現・姫路市広畑区）

に住んでいたという。

司馬さんは一九七五（昭和五十）年ごろ、祖父のふるさとにある広畑天満宮を訪ねている。講演ではそのときの体験が紹介されている。

夜の九時をすぎていて、境内には明かりがなく、同行してくれた人の懐中電灯をたよりに歩いていた。

〈草むらに入り込んで照らし始め、最初に浮かび上がった玉垣に、私の祖父の名前がありました。だいたい私は不思議な話は嫌いなほうなんですが、このときはさすがに心に残りました。心のなかで、自分は播州人だと思うようになったのはこのころからでしょう〉

姫路市の広畑天満宮へ行くと、宮司の三木通嗣さんが境内を案内してくれた。

「大阪　福田惣八」

と書かれた玉垣は、拝殿の裏にひっそり佇《たたず》んでいる。もともとは神社の入り口にあったが、八五年の社務所建て替えのときに移動したという。

「幕末にお宮を建てたとき、寄進いただいた方の玉垣になります。五百から六百本の玉垣の中からすぐに見つけられたようですね」

境内には、司馬さんの父の「東大阪　福田是定《しじょう》」と書かれた新しい玉垣もあった。

「改築するので寄進をお願いしたとき、司馬さんはお父さんの名前にすると言われたようです。三代ゆかりのものが残っているところはほかにはないと思います」

神社には二〇〇三（平成十五）年に建てられた司馬さんの文学碑もあり、父の是定さんの玉垣と仲良く並んでいる。福田家三代のご利益は果たしてあるのだろうか。司馬さんはかつていっていた。

「おじいさんは変わった人でね、明治になってもずっとチョン髷《まげ》をしてたんだ」

一九〇五年の日露戦争に勝利したとき、攘夷は終わったといって、はじめてチョン髷を切ったという。

「変わった人だけど、数学ができたんだ。遺伝をしないもんだね」

司馬さんが「数学は苦手」とよくいっていたのに対し、惣八さんは和算の達人だった。京都三条大橋の彎曲《わんきょく》からその円の直径を出せといった問題をスラスラ解けたらしい。

「そういう人は、ばくち好きなんだ」

と、司馬さんは渋い顔になった。エッセーの「私の播州」（『以下、無用のことながら』所収）にもある。

〈惣八におけるこの数学好きと、米相場好きとは、無縁でなかったかもしれない。江戸時代、大坂の堂島で立つ米相場に、独特の通信手段によって姫路にいても参加することができた。惣八は、損ばかりしていた〉

ついには広の屋敷を売り、大阪へ向かって播磨灘を船で出港した。

〈飾磨《しかま》の港から明治初年の大阪へ出てゆくとき、桟橋まで見送りにきてくれたのは万やんとよんで可愛がっていた近所の子供一人だったという。よほど迷惑をかけたらしい〉

福田家の「播磨灘物語」、ここまではパッとしない。しかし大阪で逆転する。米を材料にした菓子製造があたり、広畑天満宮に玉垣を寄進することもできた。もっとも米相場好きは生涯やまなかった。

〈六十のとしにはじめて大当りし、よろこびのあまり、その場で死んだというのである〉

と、司馬さんは惣八さんの人生を締めくくっている。

夫人の福田みどりさんはいう。

「惣八さんが司馬さんにとっての播州でしょうね。お宮で一生懸命、玉垣を探したと聞いて、この人にはこういうところもあるのかと驚いたもの。お父さんの是定さんは対照的でしたよ。薬剤師さんで、まじめで、文学的なぐらいのひがみ屋さん。そんなお父さんを司馬さんはやや複雑な思いで見ていた。でも私のいちばんの理解者だったし、司馬さんもお父さんが好きでしたね」

是定さんはさすがに司馬さんのお父さんで、ユーモアもふるっている。

〈いやなことに、亡父の話では、私の声が、惣八に似ているという。音痴で、しかも千切って投げるような声色は、私自身、自分について一番好まないものの一つだが、そん

なものが播州の惣八さんの名残りであるといわれても、うれしくもかゆくもない〉

惣八さんが夢ふくらませ、官兵衛は天下を夢想しながら播磨灘にゆれる。先祖に思いをはせつつ、司馬さんは戦国の播磨を書き続けた。

御着城の評定

司馬さんはエッセー「官兵衛と英賀《あが》城」（『以下、無用のことながら』所収）に書いている。

〈官兵衛の家は、播州御着《ばんしゅうごちゃく》の小寺家という主家につかえていた。

つまり地方大名の一家老にすぎなかった。官兵衛はその程度の小さな分際でありながら、織田勢力を播州にひき入れて播州と天下の形勢を変えようという大構想をたてた。

そのあたりにこの男のおかしさがある〉

青年家老、官兵衛は走り回る。

まず、織田信長が長篠の戦いで武田勝頼に勝利した一五七五（天正三）年秋、主人の小寺藤兵衛を説得して上洛させている。このとき東播磨を支配する別所氏、北播磨の赤松氏も一緒だった。播磨の豪族たちは、新興の織田氏と中国を制する毛利氏のあいだで揺れつつ、様子をうかがっていたようだ。

毛利は敏感に反応した。

翌年の天正四年、毛利は小寺氏をたたく構えをみせ、大軍を派遣している。官兵衛の姫路城から南西六キロほどに英賀城があり、ここに毛利水軍五千が集結した。英賀衆の多くが一向宗（浄土真宗）の門徒で、当時の一向宗は信長と激しく対立していた経緯もある。この英賀衆のなかに、司馬さんのご先祖もいた。手柄は立てただろうか。

迎え撃つ官兵衛は千人ほどしか手勢がいない。うろたえ、織田家に援軍を求めたがる小寺藤兵衛だが、官兵衛は冷静だった。

「御当家の武名を天下に挙げるときでござる」

官兵衛は敵情を十分に視察し、毛利に大犠牲を払うつもりはないと判断した。播州一円に対する脅しだろうと考え、自力で防戦する決意を固めた。夜明け前の奇襲などで撃退し、信長に戦勝を報告している。

「小寺の者は、よく働く」

と、信長は上機嫌になった。

信長は四方八方に敵がいて、兵に余裕がない。しかし新たに味方についた連中ほど、援軍を欲しがる。

〈──それほど非力なら、いっそ亡《ほろ》んでしまえ。

と、信長は喚《わめ》きかねないところがあったが、そこへゆくと播州の小寺氏はみごとであ

った〉

才気走って見える官兵衛だが、まず戦う姿勢を見せた。

さらに官兵衛は一人っ子の松寿丸《しょうじゅまる》（のちの黒田長政）を信長に人質として差し出した。

〈信長はひどくよろこび、

「ひとり子か。ひとり子を預けるとは、官兵衛の心のあかしをあらわすものだ」

と言い、この子を羽柴秀吉に預からせた〉

播磨、さらには西の毛利を倒すための司令官は秀吉に決まっていた。

秀吉と官兵衛という、切っても切れないコンビがその後、播州に大きな影響を及ぼしていく。

しかし、官兵衛の足元は次第にゆらぎ始めていた。中央にばかり目を向けていると思われたのかもしれない。

信長や秀吉と親しくなる一方、主人の小寺藤兵衛とはすこしずつ、距離ができはじめていた。

小寺氏の家中は一枚岩ではなく、むしろ官兵衛は少数派だったようだ。藤兵衛の城、御着城は姫路城から東方五キロほどにあり、ここで評定になると、

〈ほとんどの重臣が、

「そりゃ、毛利じゃろかい」

と、口々に胴間声《どうまごえ》をあげた〉
そんななか、理路整然と信長を支持する官兵衛について、
「万事京めかしくつくろい、いやなやつである」
という見方もあった。
黒田家の発祥は近江（滋賀）で、備前（岡山）を経て、姫路に流れついたとされる。
〈御着の一門や譜代衆は、官兵衛に対し、なおも、
「他所者《よそもの》」
という気持をもっていたが、年少のころから小寺家を主家としてきた官兵衛の側からすれば、自分が他所者であるとは思っておらず、ついその種の配慮が欠けた〉
目をかけてやった他所者が信長や秀吉に傾斜していく、そんな思いが藤兵衛にあっただろう。信頼しつつも、憎くもあり、毛利氏に未練もあった。結局のところ、
〈（まあよい、なるようにしかならぬ）
とも藤兵衛は考えた。切羽詰《せっぱつ》まれば官兵衛を切りすてればよいではないか、と思ったりした〉
その後、たしかに官兵衛は切り捨てられ、人の心の難しさを思い知らされることになる。
現在の御着城跡には、三層の城らしき建物が立っている。「姫路市東出張所」と「御《み》

国野《くにの》公民館」が入っていて、

「私が城主です」

と、笑って自己紹介したのが館長の櫻井豊さん。

御着城跡には、官兵衛の祖父・重隆らを祀《まつ》った廟所《びょうしょ》、小寺家三代などを祀った「小寺大明神」もある。毎年、小寺家や黒田家の子孫などを招き、両家の慰霊祭をつづけてきたという。

公民館はかつての御着城本丸にあたる。「御着史跡保存会」にかかわりの深い四人が集まり、官兵衛についての〝評定〟をしてもらった。

最長老の井上重幸さんは、

「官兵衛は情報を重視し、人の使い方がうまい、頭がいい人だったと思いますよ。ただ、ちょっと正直すぎるところがあったのかもしれません」

と、好意的。しかし保存会の会長、井上稔陸《としむつ》さんは、

「先見の明があり、織田がいいというならば、御着にとどまらず、織田方になるのが普通です。ヤバイと思いながら小寺家に仕えてるところが、すっきりしない」

と、批判的だった。

若手の木下忠雄さんは、

「やっぱりそこが人間味のあるところですよ。小寺家を見捨てられない優しさがあるか

ら、後藤又兵衛や母里《もり》太兵衛などの黒田武士たちが育ったんでしょう」

という。

最後に大工の棟梁《とうりょう》だった萩野昇八さんがまとめた。

「三代小寺の世話になりながら秀吉を選んだのだから、結局は小寺を裏切ったことになります。どない思って裏切ったんやろ。自分が裏切らなんだら、自分も終わり、小寺も終わりと考えたと思うね。結局、滅んだ小寺を九州に連れていって家来にしています。自分も助かり、小寺も助かった。官兵衛は偉い人や。じゅうぶん大河ドラマになります」

実現したら御着城は大河ドラマの中心地ですねというと、城主含めて五人の皆さん、自然と笑みがこぼれていた。

そういえば、姫路を歩いていると、よく大河ドラマの話になる。

二〇〇六年に発足した「播磨の黒田武士顕彰会」の会長で、姫路獨協大学副学長の中元孝迪《たかみち》さんはいう。

「姫路はいま、官兵衛で静かに盛り上がりつつあります」

最近では、「姫路お城まつり」で「黒田二十四騎」のパレードも実施された。黒田二十四騎とは官兵衛を支えた精鋭二十四人の家来たちのことで、多くは播州の出身者だという。

さらに〇八年は、姫路市、福岡市など官兵衛ゆかりの五市町の首長らが姫路に集まって「黒田サミット」を開催した。

「その会場で、『NHKの大河ドラマにも』ということになったんです」

すぐに「大河ドラマを誘致する会」が結成され、〇九年一月、姫路市長や中元さんら一行はNHKに陳情にいった。

「脈はありそうですよ」

と、中元さんも笑顔になった。

官兵衛の魅力についても話してもらった。

「播州気質に『英知と反骨』が挙げられます。賢く、しかも権威に対する反抗心がある。官兵衛にはそういうところがあったでしょう。なかなか使いづらいが、魅力も大きい。そして姫路の発見者でもあります。姫路の地政学的な重要性を、秀吉などの中央政権に認めさせた。官兵衛なくして姫路の発展はなかったでしょう。よそ者の家に生まれたからこそ、素直に姫路の価値を見つけられたのかもしれません」

中元さんの話は熱かったが、残念ながら、市内がそれほど燃え上がっているわけではないようだ。

官兵衛の銅像もなく、姫路城内にあるお土産屋さんをのぞいても、官兵衛グッズはなかった。

武将名の入った木札「戦国武将根付」には信長や秀吉、上杉謙信などが並び、〇九年の大河ドラマ以前はまったく無名だった直江兼続までが幅を利かせているが、官兵衛は、なし。店員がいった。

「ほんまやねえ、官兵衛さん、ないねえ。大河をＮＨＫに頼んどるのにねえ。作ってもらわなアカンわ」

まだまだ官兵衛、地元のヒーローにはなっていないようだ。

無欲と勇気の人

国宝姫路城は、法隆寺と並んで日本最初の世界文化遺産に選ばれている。標高約九十二メートルの最上階から南を見下ろせば、姫路の街並み、春の播磨《はりま》灘《なだ》がきらめく。夜はライトアップされて幻想的に浮かび上がる。まさに白鷺《しらさぎ》城で、二〇〇七年度には百万人を超す観光客を魅了した。

〇九年の秋から五年間の大改修に入り、そのため外観や眺望はしばらく我慢することになるが、工事の様子をエレベーターで見学できるという。もちろん官兵衛の時代には、こんな立派な城ではなかった。

〈姫山という小さな丘に、官兵衛の城館がある。山の地形変化を利用してわずかに人工を加えただけの田舎城で、建造物も小さかったが、しかし二ノ丸の堀は深く、一ノ丸の塁は高く、いかにも攻めるのに困難という実用的な城廓《じょうかく》だった〉

いまの姫路城は江戸時代に家康の女婿、池田輝政が八年がかりで建てたもの。それ以前は豊臣（羽柴）秀吉が三層の城を建てたことが文献にのこる程度で、官兵衛の城は、現在の大天守の下で静かに眠っている。

一五七七（天正五）年、播州を間にはさんで毛利方とにらみあっていた織田軍団が動いた。中国攻めの司令官の秀吉が播州に入ると、官兵衛はさりげなくいった。

「この城を、差しあげましょう」

秀吉もこのアイデアには驚いた。戦国時代の城は単なる防御施設ではなく、武将の一族郎党、従う領民の生命線でもある。しかし、官兵衛はさらに付け加えた。

〈「貸すのではござらぬ」

差しあげるのだ、といった。織田家の播州平定で中国入りの橋頭堡《きょうとうほ》とせよ、ということである〉

そのことばどおり、秀吉に城を明け渡すと、官兵衛は一族とともに近くの別の城に移ってしまった。

官兵衛はすでに織田家に未来を賭けるカードを選んだ。秀吉の信頼を勝ち得ることに比べれば、ちっぽけな城など惜しくはなかった。

〈中世末期の人としての官兵衛のおもしろさはこのことにすべてを賭けて、たじろがなかったことである。（略）かれは江戸期の武士や文人よりはるかに痛烈な合理主義をもっていたといっていい〉（『街道をゆく９　信州佐久平みち、潟のみちほか』）

司馬さんが官兵衛を好きなのは、この合理主義にあったのだろう。

しかし同時代人はそうはいかない。とくに官兵衛の主人、御着城主の小寺藤兵衛は不愉快になった。もともと姫路城は小寺氏の城で、筆頭家老の黒田氏を信頼して任せたものだった。

〈ところが、このたび官兵衛が、城を信長の代官の羽柴秀吉に呉れてしまったのである。そういう自儘《じまま》がゆるされてよいものか〉

論理的で忠義者の官兵衛を頼りにしていた小寺藤兵衛だが、どす黒い思いが次第にうまれてゆく。

さて、こうして秀吉が約四千の大軍を駐屯させたことで、必然的に、姫路はこの地域の中心地になっていった。姫路城の中堀内にある「日本城郭研究センター」の多田暢久さんはいう。

「秀吉はその後、姫路に街道が集中するように整備をしています。姫路は中国攻めの重要な拠点になっていく。そうした姫路の役割に、最初に目をつけたのは官兵衛だったのかもしれません」

官兵衛は地政学的な目をもっていたのだろう。さらには秀吉がそうであるように、すぐれた土木家や建築家といったセンスもあった。

「官兵衛が秀吉時代の姫路城、大坂城の縄張《なわばり》（設計）をしたともいわれていますね」

歴代の姫路城主は伝説の時代から数えて四十八人になる。官兵衛がその十四代で秀吉が十五代だった。

「姫路城はよそから来た人が城主となり、そして出ていく城です。官兵衛も秀吉も、ここから活動を広げて大きくなったと思います」

この当時の秀吉を支えた参謀としては、官兵衛のほかに竹中半兵衛（一五四四～七九）がいた。

二人の天才軍師は、「両兵衛」「二兵衛」とよばれた。二人は秀吉の播州進出後に出会っている。一目見ただけで、お互いに似た者同士であることがわかったようだ。

〈（なるほど、似た者だ）

と、半兵衛が何よりも感じ入ったのは、官兵衛が自分の姫路城を清めて城下の武家屋敷ぐるみ、秀吉に提供してしまったことである〉

半兵衛はもともとは美濃斎藤氏の家臣だった。織田との戦いで数々の功績をあげたが、主人の斎藤龍興《たつおき》らから受けた侮辱を晴らすため、十数人で稲葉山城（岐阜城）を奪取したことがある。その後、この城が欲しくてたまらない信長から好条件でスカウトされたが拒絶、あっさりと城を斎藤氏に戻して近江に逃れた。

現世の利益にはまったく興味のない男だったようだ。その後、秀吉の度重なる説得もあって、信長の傘下に入ったが、信長の苛烈《かれつ》さを嫌ったか、秀吉の帷幕《いばく》にあった。

〈半兵衛は、平素、

「私においては、武道のほかに余事はない」

と語っていたという〉

武道とは戦術で、国盗りの手段であり、本来は欲望に結びつく。しかし、半兵衛の関心は戦術だけにあった。詩を作り、絵を描くように、戦術を練ることに没頭した。恩賞目当てに働くことは「武辺のけがれ」であるとまで考えていた。

その半兵衛と官兵衛とは生き方のスタイル、センスが似ていたのだろう。頭脳明晰で深い教養、構想力を持ち、倫理観も似ていた。部下にも敵にも優しかったといわれる。秀吉の才能を早くから買っていた点も同じだった。違いがあるとすれば、かすかな野心の有無だろう。

〈竹中半兵衛に対し、天下がほしいか、と問いかければ、かれは即座に欲しくないと答えるにちがいない。官兵衛はこの点、違っているであろう。かれはしばらく考えて、なによりも自然にまかせる、自分に稀有な運があり、それが自然にめぐってくるとすれば天下人になってもかまわない、と答えるにちがいなかった〉

しかし二人の作戦参謀を擁しつつも、秀吉の播州平定はアクシデントの連続だった。まずは播州最大の勢力、別所家が反旗を翻した。信長方になっていたが三木城に籠城《ろうじょう》し、二年近い戦いにもつれこむことになった。さらには、播州の東の摂津（大阪、兵庫東部など）でも、信長の寵臣《ちょうしん》の荒木村重が反乱した。四方八方が敵だらけになってしまったのである。

ここで官兵衛は人生最大のピンチを迎えることになる。

主人の小寺藤兵衛に命じられ、村重を翻意させようと説得に乗り出したのだが、単身乗り込んだ有岡城で幽閉され、土牢に入れられてしまう。『播磨灘物語』では、官兵衛は藤兵衛に売られたことになっている。

〈――官兵衛を殺してくれ。

と、主人の藤兵衛が荒木村重へ言い送っているなど、のちに秀吉が天下第一等の智者と半ば嫉妬まじりにいったほどの官兵衛でさえ、思慮のなかにまったく浮かんでいなかった〉

旧知の仲だった村重は官兵衛を憐れみ、すぐには殺さずに牢に入れた。しかし、衛生状態が極めて悪く、官兵衛は徐々に衰弱していった。

非運は重なる。官兵衛がいなくなり、解放されたように小寺氏は織田方から離反したため、連絡が取れなくなった官兵衛もまた疑われた。

信長は官兵衛が裏切ったと判断、人質の官兵衛の一人息子、松寿丸（黒田長政）を殺すように秀吉に命じた。秀吉は酷薄な主人の命令をきかざるを得ない。官兵衛、秀吉の窮地を救ったのが半兵衛だった。

「このこと、拙者が仕《つかまつ》りましょう」

と、秀吉に申し出た。半兵衛は信長をあざむき、松寿丸を故郷の美濃に隠した。信長に事が露見すれば、半兵衛の命はない。

半兵衛は労咳《ろうがい》（肺結核）に侵されていた。自分の死期を悟りつつ、友の子に命を託したのだろうか。

〈（どうせ死ぬのだ）

という気持が、本来、ひとに優しかった半兵衛の場合、道をゆく犬の仔のいのちを見てさえ、ひどく尊げに感ぜられるようになっていた。

（略）かれの心をひたひたと満たしているのは、官兵衛に対する友情であった〉

一五七九（天正七）年六月十三日、半兵衛は播磨の陣中で病死する。三十六歳だった。

一方、二歳年下の官兵衛はまだ獄中で、迫り来る死と闘っていた。足は萎《な》え、立つこともできず、頭髪は抜け落ちていた。まぶたが腫れ、視力が落ち、もはや昼と夜の区別もないなかで、生きようとしていた。友の死を知ることもなかった。

勝利の苦さ

播磨で悪戦苦闘していた織田軍団だったが、少しずつ見通しが明るくなっていく。まず、一五七九（天正七）年秋には、摂津の有岡城（兵庫県伊丹市）が陥落した。かつては信長の重臣で反旗を翻した荒木村重の城で、村重は妻子を残したまま遁走する。有岡城の土牢に監禁されていた官兵衛も脱出した。主人の小寺氏にだまされて村重を説得に行き、閉じ込められて一年がすぎていた。

髪は抜け、骸骨のように痩《や》せ、足は萎《な》え、立ち上がることもできないほどだった。助け出したのは腹心の家来、栗山善助。有馬温泉で湯治をしつつ、官兵衛は善助からさまざまな話を聞いた。

信長は官兵衛が裏切ったと思い、人質の長男、松寿丸（のちの黒田長政）を殺すように命じたこと。その命令に逆らえない秀吉の窮地を救い、竹中半兵衛が松寿丸を、自分の領地がある美濃に匿《かくま》ったこと。さらにはその半兵衛がすでに五カ月前に病死したことなどだった。

〈官兵衛はひどく無感動な表情で、世間話をきくように頼りなげにときどきうなずくのみだった。が、竹中半兵衛が死んだということをきいたとき、にわかに腰を折り、顔を腹へ掻いこむように垂れて、激しく泣いた〉

たしかに、節義を守ったことは織田家中の感動をよび、大きな信用を勝ち得ることになった。しかし最大の理解者だった半兵衛はいない。

そして官兵衛は変わっていく。

以前の官兵衛ならば、両目を光らせ、前のめりになって人の話を聞き、感想や意見もはさみ、智者らしい見事な結論を導き出した。しかし、このころからは、人の話を聞いているのかどうかもわからず、風に吹かれているような顔をしている。

〈ひとが、そのことを指摘すると、官兵衛は、

「地獄を見てきたのだ」

と笑うだけで、それ以上のことはいわない〉

ファッションも以前は桔梗《ききよう》色の小袖をまとう洒落《しやれ》者が、百姓の野良着でも平気になった。生まれつき姫路城主の子で、お行儀のいい雰囲気があったが、それをわざと崩してみせたりする。栗山善助には、

「敵ほど可愛いものがあるか」

などという。合戦はもともと異常な出来事であり、異常なことをともにやるのは敵だ

けだ。それを思えば憎しみばかりではない。栗山善助が敵を憎まないと戦えませんと反論すると、

〈「憎んでよいのだ」

官兵衛はいう。

「しかし七つの憎しみのなかに三つは可愛さを入れるようにつとめるのだ。そのぶんだけ、こちらの丈《たけ》が伸びる」〉

この思いは、苛烈《かれつ》に敵を倒し、皆殺しを繰り返している信長に対する、静かな批判だったのかもしれない。

播州に最後に残る強敵は東播磨の三木城（兵庫県三木市）にこもる別所氏だった。若き領主、別所長治が信長に対抗して籠城《ろうじよう》を始めたのは天正六年春で、すでに二年になろうとしていた。籠城軍は約七千から八千。秀吉は力攻めはせず、城の周りを厳重に囲い込む作戦をとった。当初は東西六キロ、南北五キロの範囲で城を囲んだ。

〈三木城のまわりに、輪をえがくようにして長大な野戦築城をつくったのである。柵を植え、ところどころ複柵にし、要所々々に櫓《やぐら》をあげ、（略）三木城そのものより大きな土木工事だったといっていい〉

はなばなしい戦闘もなく、時間がすぎ、城内の食料はだんだんと減っていった。

籠城戦は補給戦の様相をとりはじめていく。突破を図る武将もいたし、友軍の毛利も

海から兵糧を運び込もうとしたが、秀吉軍はたくみに防いだ。やがてこの戦いは、「三木の干殺し」といわれた。食料は底をつき、合戦に必要な馬も食料にされ、草木の根まで食いつくした。そのころに、秀吉は官兵衛に聞いた。

〈「長治に腹を切らせて、城兵の命はたすけたい。どう思うか」

「それがよろしゅうござる」

（略）秀吉も同じ考えでいたということに官兵衛は大きなよろこびを感じた。今後もこの男となら一緒にやってゆけるのではないかということだった〉

秀吉はこの攻城戦で、陣地の「付城」を約三十カ所もつくっている。痕跡がはっきり残っていて、三木市文化財保護審議会委員の宮田逸民《としたみ》さんが案内してくれた。

「別所氏はこれほどの戦いになるとは思っていなかったと思いますね。それまでの播磨の戦では、負けてもいくらかの領土を差し出せば許されて終わりなんです。ところが信長は違う。別所家は早い段階から何度も降伏を告げていますが、秀吉は受け入れていません」

全国統一を考える信長は敵将の降伏を簡単には受け入れず、勝手に許せば秀吉の首さえ危ないのだ。中世から近世へと変わる時代の潮目を別所家は読みとれなかった。

「それに気づいたのが官兵衛なんでしょうね」

「別所長治記」などでは、長治と一族の自害で、七千人ほどの籠城者たちを約束どおり解放したとされている。だが、宮田さんはいう。

「最終的に三木城本丸に籠城していた人数は百人に満たなかったのではないかと思います。それほど広いものではないし、多くはすでに逃げていたでしょう。いずれにしても三木城は秀吉と官兵衛にとってホップで、鳥取城の包囲戦がステップ、さらに備中高松の水攻めがジャンプになりました。ジャンプしすぎて信長は本能寺で殺されちゃいますが」

〝三木っ子〟の宮田さんはもちろん、別所寄りだ。

「司馬さんは『播磨灘物語』のあとがきで、『友人にもつなら、こういう男を持ちたい』とお書きになっていますが、それは司馬さんの度量が広いからです。私だったら、こんなに考えているかわからんような、危なっかしい男は友達にしません。官ちゃんが隣に越してきたら、私は転居ですわ」

天正八年、別所氏は滅亡した。司馬さんの先祖がいた英賀《あが》城なども鎮圧され、ようやく播磨は秀吉の制圧下におかれることになる。

官兵衛は播磨の勝利者となった。

信長や秀吉に取り次ぎをねがう旧知の侍たちが、酒樽や肴《さかな》など祝い品をもって官兵衛を訪ねてくる。

〈官兵衛は、もう笑っているしかない。どの男も、官兵衛を伊丹の荒木村重に使いにやるという小寺藤兵衛の仕組んだわなに協力した連中ばかりだった〉

人生を思い知った秋でもあった。

九月、官兵衛は秀吉から一万石の知行をもらって大名となった。新たな知行地は、姫路の北西三十五キロほどの場所にある山崎城だった。

〈官兵衛が播州北方の山崎に本拠を置こうとしたのは、秀吉が開始しようとしている因幡《いなば》（鳥取県）の征服事業のためでもあった。山崎から北上している山間の道は、はるかに鳥取城下に通じているのである。秀吉の大軍のための兵站《へいたん》基地としては、絶好の土地であった〉

官兵衛はもともと姫路城にいて、秀吉に城を譲って国府山《こうざん》城（姫路市飾磨《しかま》区妻鹿《めが》）に移り、さらに山崎城に移ったことになる。

妻鹿地区は、毎年秋に行われる勇壮な「灘のけんか祭り」で有名だが、例祭をとりおこなう松原八幡神社には、官兵衛が寄進した拝殿がかつてあったといわれる。

妻鹿地区には官兵衛の父、職隆《もとたか》の墓もあり、黒田一族は「筑前さん」と呼ばれている。姫路市内ではもっとも官兵衛に親近感をもっている地区かもしれない。

官兵衛など黒田家の歴史を調べている三木敏之祐さんに会った。三木さんは元関西テレビのカメラマンで、官兵衛もけんか祭りも大好きなようだ。

「官兵衛さんは山崎に移っていますが、ここ妻鹿から二百隻もの船に見送られ、市川という川を渡って山崎に向かったといわれています。慕われとった証拠だと思いますね」

この話を聞き、司馬さんのおじいさんで、姫路生まれの惣八さんのことを思い出した。数学は得意だが、米相場に入れ込んで失敗し、故郷を去ることになった。そのときの様子を司馬さんはエッセーに書いていて、桟橋まで見送りにきたのは、可愛がっていた近所の子供、万やん一人だったという。博打《ばくち》に失敗すると、物哀しいものなのだ。

さびしい船出の惣八さんだが、やがて大阪で商売に成功する。

にぎやかな船出の官兵衛も、ますます成功を重ねてゆく。鳥取城の攻略、四国攻め、備中高松城の水攻め、中国大返し、関東の北条攻めなどで活躍し、秀吉の天下取りに大いに貢献する。

一五八七（天正十五）年には秀吉の九州征伐の軍監として活躍、中津など豊前六郡（福岡県と大分県の一部）、約十二万三千石の大名となった。九州を舞台にしてますます存在感を増し、やがて最後の大博打を仕掛ける。

参謀に徹してきた官兵衛の野望が動き始めていく。

赤壁の寺

数々の功績をあげた黒田官兵衛は一五八七（天正十五）年、豊前《ぶぜん》六郡（福岡県と大分県の一部）十二万三千石の領主となった。さほど大きくない城を中津（大分県）に築き、治所としている。

その後、官兵衛は息子の長政に家督を譲り、長政は関ケ原の戦いで活躍、福岡五十二万三千石の領主に抜擢される。黒田家は全国でも有数の大名になっていく。

約十四年の中津時代は、その飛躍のための時期だったのかもしれない。

もっとも中津といえば、官兵衛よりも福沢諭吉だろう。旧居や記念館にはいつも観光客がいる。諭吉像は駅前のロータリーにもあるし、ビジネスホテルの屋上にもある。屋上に立つ着流しの諭吉像は巨大で、遠望すると自由の女神のようでもある。「豊前国中津黒田武士顕彰会」の事務局長、松本達雄さんがいう。

「諭吉一辺倒ですね。しかし中津に城を造ったのは官兵衛ですし、黒田節の逸話が生まれたのも中津時代です」

「黒田節」の主役は母里《もり》太兵衛。官兵衛、長政を助けた家臣「黒田二十四騎」のなかでもとくに豪傑で知られる。大酒飲みの大名、福島正則のもとを訪ねたとき、大杯になみなみと酒を注がれた。飲み干せば欲しいものを与えるといわれて飲み干し、正則自慢の槍《やり》を持って帰ったという。それが日の本一の槍とうたわれた「日本号」で、足利義昭が織田信長に、信長から豊臣秀吉に、さらに秀吉が正則に与えた名槍だった。

「翌朝、しらふになった正則は青くなって返してくれといいますが、返さなかった。黒田家の実力のあらわれで、それが中津時代です。私は官兵衛がいちばん強かった時代の土地だと思うんですよ」

と、松本さんは胸を張る。なお、日本号は福岡市博物館の「黒田記念室」に展示されている。顕彰会会長の小野眞宏さんもいう。

「官兵衛は功績の割に十二万石しかもらえなくて、それほど嬉しくはなかったかなと思います。同じような時期に佐々成政が肥後五十万石ももらっているわけですから。でもそのおかげで中津に来てもらい、われわれは嬉しいんですけどね」

秀吉に天下を取らせた軍師にしては褒美が少ないと、当時もいわれていた。司馬さんも『街道をゆく34　大徳寺散歩、中津・宇佐のみち』の「中津・宇佐のみち」に書いている。

〈秀吉はかれをじつに重宝したが、天下をとってしまうと、かれをおそれはじめたようで、如水もそのことに気づき、わずか四十半ばで息子に家督をゆずり、隠居の体《てい》をとった。

「おれが死ぬと、あとの天下は如水がとるだろう」

といったという説があって、如水が大あわてして隠居したともいわれる〉

大きな知行を与えれば、それだけ動員力も増える。秀吉に恐れられたのは、官兵衛にとって男の名誉ともいえるかもしれない。なお、家督を譲ったころから、官兵衛は「如水軒」と名乗っている。

諭吉像のように官兵衛像はないが、中津には上如水、如水原といった地名もあるし、如水陸橋、如水小学校、如水郵便局、姫路から職人を連れてきて住まわせた姫路町もある。

「姫路の人が、『こんなところで姫路に遭えた』と喜びます」

と、松本さんはいう。

中津の官兵衛、長政親子はたしかに強かった。ハードボイルドの世界の住人でもある。

松本さんらによると、中津に観光で訪れる人が回るコースは決まっていて、

「中津城、諭吉旧居、そして赤壁が有名な合元寺《ごうがん》がワンセットになっています」

合元寺を抜きに中津の官兵衛は語れない。司馬さんも一九八九年の『街道』の旅で訪ねている。

石畳の続く寺町にあり、不意に真っ赤な色の塊が目に飛び込んでくる。合元寺の真っ

赤な土塀で、門をくぐると建物も赤い。

〈せまい敷地に建物が多く、いずれもがずっしりと瓦屋根を冠《かぶ》っていて、鎧《よろい》武者がひしめいているようでもある〉

ここは官兵衛、長政親子と、それ以前の中津の有力者、宇都宮家との戦いの現場でもある。

宇都宮氏は約四百年前に下野《しもつけ》（栃木県）宇都宮から来た一族だった。

〈この一族は為政者としてわるかったわけでもなく、むしろ善政する家だったともいわれている〉

さらには鎌倉武士以来の誇りがあった。官兵衛はマッカーサーのように中津に降り立ったが、尾張の百姓身分といわれた秀吉の家来などに頭を下げたくはない。実力者の宇都宮鎮房《しげふさ》は秀吉から伊予（愛媛県）に移るようにいわれて渋り、ついには武力抵抗に踏み切った。

騒動は拡大し、鎮房ら多くの国人・地侍が兵を挙げ、さすがの官兵衛も手を焼いた。局地戦では黒田側に多くの死者も出たという。宇都宮氏は強かったのだろう。困った秀吉、官兵衛、長政らは謀略の道を選ぶ。

秀吉の命により、長政の家に鎮房の娘を嫁がせて和睦を図ろうとし、受け入れた鎮房を中津城に迎え、謀殺した。家臣たちは合元寺で待っていたが、長政らの兵は合元寺も

急襲、宇都宮一族は滅んでしまう。人を殺すことを嫌った官兵衛にとっては珍しい大量殺戮《さつりく》で、司馬さんも、『播磨灘物語』で、

〈この男にとっては生涯の汚点といっていい〉

と、少し不本意そうに書く。

この事件で死んだ宇都宮側が流した血が寺の白壁に染みつき、何度塗り替えても赤く浮かび上がったという。そのためとうとう壁を赤く塗りつぶしたという言い伝えがあり、それが「赤壁」の由来になる。

「黒田にとっては悪いイメージになってしまう場所が中津の観光資源になってますから、福岡から来た黒田ゆかりの人は驚いたり、『そら、いかんやろ』と唸《うな》る人もいます」

と、松本さんはいう。

司馬さんはこの取材で、「寺の若い跡とりらしい人」と会っている。

いまの住職、村上鉄瑞さんだった。

「この合元寺で戦いがあったことは事実ですが、『播磨灘物語』には出てきません。私は司馬さんの積極的な読者なんですよ。あの人は明るいでしょ。悪人は書かないというか、どうしても健康的に書く。だから触れなかったんでしょうな」

村上さんはこの寺に生まれた。寺の前の道は、かつては夕方にもなれば結構うす暗かった。この寺の言い伝えは地元でも有名で、子どもたちはびくびくして通り過ぎたらし

い。たまたま一緒に帰った友達が、村上さんの家だとは知らなかった。

「『ここは、どんな人が住んじょるのかね』といってね、なんとなく家に入りづらくて、そのまま一緒に素通りしてしまいましたね」

と、村上さんは笑う。

もっとも合元寺は、福沢諭吉が学業成就を祈願したことでも知られている。「お願い地蔵尊」として、寺内には合格祈願や商売繁盛などの願いごとを書いた絵馬がたくさんぶらさがっている。赤壁は血塗られた過去を象徴すると同時に、ラッキーカラーになっている。

合元寺は西山浄土宗のお寺で、村上さんと司馬さんは、開祖の法然上人について会話を交わしている。

〈法然の名が出たことでも、この場ではとりあえず宇都宮鎮房らへの供養になるようにも思えた。（略）鎮房らもまた、命をすてることで、諸欲から離れた、と、この浄土宗の寺の軒下ではおもうしかない〉

と結んでいる。

さて、中津の顕彰会では、官兵衛のさらなるイメージアップを狙っている。官兵衛の戦場でのトレードマークは赤兜《あかかぶと》で、それに顔と手足を付けた「あ! 官兵衛」というキャラクターが誕生した。

考案したのは、メンバーの一人で防水工事の会社を経営する中尾堅太郎さん。

「顕彰会というと堅苦しい感じがありますから、子どもでもなじめるものを、と。近々Tシャツにもします」

これまでにも、携帯ストラップ、クッション、マスコット人形、どら焼きなどになっている。

「この赤兜を見ると、敵陣が震え上がったそうなんですよ」

と松本さんはいうが、このキャラクターでは力が抜けるだろう。

「ゆくゆくは、『ひこにゃん』や『せんとくん』と並ぶような人気者にしていきたいんです」

と、大いなる野望を語る松本さんと一緒に歩いていると、松本さんの知り合いの女性が通りかかり、

「アッカンべー」

と、舌を出した。どうやら、じわじわ浸透中のようだ。

顕彰会会長の小野さんも、

「ようやく『官兵衛・如水は中津』と知られてきています。町中が『あ!官兵衛』だらけになれば、大河ドラマも少し近づくと思います」

赤壁の伝説から、「あ!官兵衛」の時代になるのだろうか。

春に去った男

家督を息子の長政に譲り、如水《じょすい》と名乗った官兵衛。秀吉の天下取りの参謀として働き、豊前中津十二万三千石の領主となったが、意外な冷遇とみる向きもあった。『播磨灘物語』には、秀吉の甥で関白の豊臣秀次が、如水に尋ねている。

あなたは機略や器量では秀吉公をしのぐとも言われているが、自分ではどう思っているのか。如水は答えている。

「臣ハソレ中才ノミ」

「上才」なら天下をとるし、「下才」だったら今の地位はない。自分は「中才」なんでしょうと。

〈あたかも他人を観察するように言いつくしたのは、さまざまな意味をふくめていかにもこの男らしい〉

と、司馬さんは書く。

中才の如水、しかしまずは生き残りに懸命だった。秀吉の晩年は、ひやひやだったかもしれない。

まず交友関係がよくなかった。

秀吉が可愛がった石田三成とはしばしば衝突していた。三成の報告を受けて怒った秀吉が、如水に会おうとしなかった時期もある。

さらに如水は千利休と親しく、関白秀次にも頼りにされていた。

防衛省教官の諏訪勝則《まさのり》さんは『稀代の軍師　黒田官兵衛』（播磨学研究所編）の著者のひとり。戦国織豊期の政治と文化を研究していて、秀次、秀吉、如水についていう。

「秀次は殺生関白などといわれますが、死後につくられた話も多い。文化的な教養はかなり高く、天皇家や公家社会にも強いパイプがあった。秀吉は秀次のそうした側面を恐れていたと思います。如水も教養が深く、当時としては細川幽斎《ゆうさい》（藤孝）に次ぐ存在でした。連歌や茶などを通し、秀次、利休とは交流が深かった。秀吉は煙たかったでしょうね」

秀次も利休も、秀吉に死を命じられている。如水は危うい綱渡りをしていたのかもしれない。

さらに如水は四十歳のとき、キリスト教に入信している。これも秀吉には気にいらなかっただろう。

「秀吉はのちにキリスト教禁止令を出しています。しかし、如水は信仰をやめてはいません。家康も秀吉の方針は踏襲しますが、やはり如水には手が出せなかった。秀吉も家康も如水の実力には一目置いていたと思います」

一五九八（慶長三）年に秀吉が世を去り、天下は家康を中心に大きく動きだす。家康（東軍）に対して石田三成（西軍）が挙兵し、関ケ原の戦い（一六〇〇年）を迎える。

〈黒田如水の生涯は、関ケ原の前夜、二ヵ月ほどのあいだに凝縮されるのではないか〉と、司馬さんが書くように、隠居していた如水はすばやく動いた。

東軍に従軍していた長政には、そのまま家康に協力するように指示を出す一方、九州制圧に向けて動きだす。『西日本人物誌七　黒田如水』（西日本新聞社）の著者で、自由ケ丘高等学校（北九州市）の教諭、三浦明彦さんはいう。

「東軍でも西軍でもない、第三の勢力として打って出るつもりだったことは、間違いないでしょう」

如水はこのときを待っていた。

〈生涯、節約家だったかれは金銀を天守閣の床がしなうほどにたくわえていたが、それを書院座敷に山盛《もり》りにつみあげ、浪人や百姓から戦士を急募した〉

「黒田節」の母里太兵衛、有岡城から如水を救い出した栗山利安など、頼もしい家臣の何人かは中津に残してあった。そこへ豊前のかつての豪族たちの家来、山伏や宇佐八幡宮の武官、漁民、農民などが集まり、約一万ほどになった。

まず「九州の関ケ原」と呼ばれる石垣原《いしがきばる》の戦い（大分県別府市）で大友義統《よしむね》を撃破し、さらに軍を二手に分けて進軍した。西軍側の大名を次々と降伏させ、軍勢は膨れ上がる。またたくまに豊前、豊後を制圧した。

戦闘もあるが、無血開城もある。如水が来ると、開城してしまうケースが実に多い。

三浦さんはいう。

「如水には信用がありました。中津の宇都宮氏を謀殺した例はありますが、一般的には血を見るのが嫌いな武将だと思われていた。キリスト教徒だったことが大きかったと思います。九州はキリスト教徒の大名も多い。ほかの大名が囲んだら抵抗しろ、しかし如水が陣にいたら降伏しろと、言い残した大名もいます」

すでに関ケ原は家康の勝利に終わっていたが、如水は兵を休めない。

如水を尊敬していた加藤清正は友軍であり、肥後を制圧した。西軍に味方をしていた鍋島氏らも軍門にくだっている。九州で残る敵は薩摩の島津氏ぐらいで、動員能力はじつに四万九千ほどにも膨れ上がっていた。

「百万石以上の動員力ですね。家康は如水に島津の征討を命じます。これらの戦いが長引けば、最終的には東の徳川連合軍と西の黒田連合軍の戦いがあったかもしれません。しかし家康と島津は和議をむすび、如水の野望はここでついえます。最初で最後のチャンスは終わりました」

司馬さんは『関ケ原』でも如水の九州進軍を詳しく書いている。家康はどうやら島津の武力と如水を恐れたようだ。

〈黒田如水が曲者である。（略）かれは島津をほろぼすと称し、その実、島津と手をにぎり、加藤清正を先頭に立てて上方に押しのぼってくるであろう〉

しかし夢はやぶれた。如水は兵を解散し、もとの隠居に戻った。家康はいう。

「あの老人、なんのために骨折ったのやら」

如水の夢を奪ったのは、息子の長政だったのかもしれない。勇猛な武将だが、父譲りの謀略にも長け、関ケ原の陰の主役、小早川秀秋の裏切りを演出している。関ケ原直後に家康は長政の手をとり、

「わが徳川家の子孫の末の末まで、黒田が家に対して粗略あるまじ」

といった。

筑前五十二万三千石の大名となり、得意顔で九州に戻って如水に報告した。しかし如水は苦い顔をしたままだったという。なぜ天下を狙わないのかという思いがあったのだろう。喜ばない如水に、長政は家康が自分の手をとって喜んでくれた話を繰り返した。ようやく如水は、家康がとった手は、右手か左手かを尋ねた。

〈「右手でございました」

「すると、そちの左手は何をしていたのか」

長政は、絶句した。長政は、ついに如水という男が何者であるか、わからなかったであろう〉

なぜ左手で家康を刺し殺さなかったかと、いいたかったのだろうか。それとも天下人の家康に従順すぎる息子に、関西人らしいツッコミを入れたのか。両者のキャラクターの違いを伝える逸話となっている。

「長政はつねに『如水の息子』と呼ばれ続けました。父を越えたい、あるいは見返したいという思いは常にあった。永遠のライバルでもあったかもしれませんね」

と、三浦さんはいっていた。

徳川の世が訪れ、魔法は解けた。如水は太宰府天満宮の庵に移り住み、その後、福岡城三の丸の一角に小さな屋敷を建てて晩年を過ごした。

如水を顕彰する藤香会《とうこう》の副会長、中島敏行さんと荻野忠行さん、NPO法人鴻臚《こうろ》館《かん》・福岡城跡歴史・観光・市民の会の野田弘信さんに会った。藤香会は、母体となった組織のころから数えると、〇九年で実に百十九年目になる。摂津の有岡城で幽閉されて死の淵にあった如水は、牢の中から見えた藤の若芽に励まされた。会の名前はその藤に由来している。

「もとになった報古会というのは、藩士を中心に、当初三千人もいたそうなんです。如水さんのおかげで、今の福岡がありますからね」

と、中島さんがいう。

福岡と如水の縁は深い。

福岡市博物館の国宝といえばいずれも黒田家ゆかりで、信長から官兵衛がもらった名刀「へし切《きり》」、北条氏直《うじなお》からもらった太刀「日光一文字」がある。さらに有名な金印「漢委奴国王《かんのわのなのこくおう》」は博物館の目玉だが、江戸時代に福岡県志賀島で発見され、黒田家の所蔵となったものだという。

荻野さんは、黒田家の歴代藩主の墓が立ち並ぶ墓所がある崇福寺《そうふくじ》に案内してくれた。広い敷地の墓所に、如水や長政らの墓が並ぶ。

「もともとはこの六倍の敷地があったんですよ。いまでも草むしりはなかなか大変です。長政公は深く如水公を尊敬していたと思いますね」

と、荻野さんはいう。

野田さんたちは、福岡城の天守閣を復活させることが目標だという。

「姫路にも負けん、天守閣を建てようというわけですよ」

如水の屋敷跡を含む福岡城址は、石垣やお堀に名残を残した公園になっている。如水は一六〇四（慶長九）年三月二十日、五十九歳の生涯を閉じた。

「花見の客でいっぱいですね」

荻野さんが目を細めた。命日から四日後で、早めに咲いた満開の桜に誘われた人たちがざわめいていた。

如水の屋敷跡の碑の脇にも満開の桜がある。

「いまよりはなるにまかせて行末の春をかぞへよ人の心に」

如水自身の辞世ではない。親しい連歌師が詠んだ歌で、司馬さんは記している。

〈以後、永劫に春を数えられる人になられた、として通夜の席で詠んだものである〉

約四百年後の春、福岡城址に桜の花びらが舞っていた。

余談の余談❹

他人のことはわかっても自分のこととなると…

和田　宏

『播磨灘物語』は司馬さんの巧みな筆づかいに乗せられて、読者もいっしょに黒田官兵衛（如水）の成長をたどっていくのだが、ふと我に返ると、この男はなにもこんな苦労しなくていいのでは、と思ってしまう。つまり官兵衛はおのれの才能になかなか気がつかない。大きな絵が描けるのにチマチマした細工仕事に大汗をかいている。

生まれついた小大名の家老職に貼りつかなくとも、豊臣秀吉という知己を得た段階で、飛躍する機会はいくらもあったはずだ。この時代は、のちの儒教的道徳に縛られた主従関係ではない、と司馬さんは指摘している。それなのにつましい現職にこだわって、危うく命まで失いかけるのである。敵味方の将の器量を見抜かなければ生き残れない時代であり、官兵衛は人一倍その能力に長《た》けているにもかかわらず、自分のこととなるとまるでわかっていない。

話は変わる。ペルシャを舞台にした幻想的な小説で出発した司馬さんは、忍者の世界を描いた作品で世に出、自在な想像力を駆使した物語作りに専念する。

卓抜な歴史観と該博な知識を動員して、作者が作中人物に伴走しつつ、歴史の真相を解き明かす独自の作風を開拓し、広く読者を得るのは『竜馬がゆく』からである。その歴史叙述の豊かさは、当初から評価されていたのだが、つまり司馬さんも自分の才能にしばらく気がつかなかった。人間の本質を見抜く達人が、である。

でも……そういい切っていいのかなあ。とにかく『竜馬』までの前期作品も無類に面白いのだ。そして司馬さんは終生愉快なお話作りにこだわった人でもある。物語性と歴史の真相の追求は折り合わない。が、後年も『韃靼《だったん》疾風録』というファンタジーを書く。気がつかない才能などない、着たきりスズメの筆者の能力では、司馬さんの全貌は測りがたい。

石田三成の挑戦

『関ヶ原』の世界

家康の人事話に負けた石田三成

『新史太閤記』では陽気に天下を奪った豊臣秀吉がすっかり老いて、『関ケ原』には登場する。その臨終の前後から、徳川家康は野心を胸に政治闘争を開始する。北政所、さらには加藤清正といった豊臣恩顧の大名らを味方に付けていく。誰もが家康の野望を知りつつも逆らわないなか、『関ケ原』の主人公、石田三成（一五六〇～一六〇〇）が立ち上がる。

〈愚かなのは、豊臣家の諸侯どもよ。愚行をすればするほど、家康をして天下取りへのしあがらせていく〉

三成は自分の同僚を、歯ぎしりするほど憎んだ〉（『関ケ原』）

三成は秀吉の最後の謀臣だった。

〝官房長官〟であり、豊臣政権の経済政策をリードした。さらには島左近などの戦上手を家臣としている。知勇にすぐれ、正義感も人一倍強かった。

しかし残念なことに人望がない。

頭が良すぎて人が馬鹿に見えてしまう。後ろ盾がなくなり、孤立する。優秀すぎるため、浮いてしまうタイプかもしれない。

一方、家康の謀臣は本多佐渡守定信だった。家康よりも四歳上で、

〈全身、謀才のかたまりといったような人物であった〉

とある。『関ケ原』では夜に家康の寝所を訪ねてはひそひそと話をする。主に話題は人事だった。

家康と定信が相談するたびに、ある大名が失脚し、ある大名が臣従する。家康が社長で、定信が人事部長なのだろう。人事が出るたび、豊臣家、三成は追い詰められていく。『街道をゆく』の担当記者をしていた頃、司馬さんが新聞、出版、放送各社の人事に詳しいことが不思議だった。司馬さんが考えるにはおよそつまらない話のように思えたが、意外とその手の話が嫌いではなかったように思う。『関ケ原』の執筆のとき、各社の人事話、少しはお役に立てたのだろうか。

そんなことを考えつつ、関ケ原町を訪ね、なかでも小早川秀秋の裏切りポイント、松尾山に登ってみた。

家康との接近戦

有名な古戦場はいくつもあるが、行ってみれば風景が変わっていて、がっかりすることが多い。

信長が出世街道を驀進《ばくしん》することになった「桶狭間」はあまりにも有名な戦場だが、記念の碑はあるものの、すっかり住宅地になっている。これではなかなか想像力が働かない。かなり離れた丘から遠望して、ようやく信長の気分を味わったことがある。

しかし、「関ケ原」ならそんな心配はいらない。

新幹線や名神高速は通っているし、国道二一号の往来は激しいが、基本的には静かな田園地帯が広がっている。刈り跡が残る冬の田んぼと、大根や白菜の葉が茂る畑を見ながら歩けば、戦国時代のスーパースターたちの陣地を示す石碑をあちこちに見ることができる。「長浜市長浜城歴史博物館」の太田浩司さんがいう。

「関ケ原は当時の雰囲気が適度に残っています。見た人が自分でイメージを広げることができる。人気があるのは西軍の陣地ですね。ボランティアガイドの人と話をしたら、

『ほとんど東軍の陣地を案内したことがないんです』といっていました」

観光客の多くは石田三成の陣地だった笹尾山をめざすという。

しかし、東軍の徳川家康よりも西軍の三成のほうが人気があると聞けば、石田家の名物家老・島左近《さこん》は悔しがるだろう。当時にこの人望があれば、三成公は勝っていただろうにと。

三成はいまの長浜市石田町の生まれ。長浜城歴史博物館では一九九九年と二〇〇〇年に、三成に関する特別展覧会を行ったことがある。

二〇〇〇年は関ケ原合戦四百年祭でもあった。そのときつくられた二冊の図録は博物館のベストセラーになっている。太田さんはいった。

「最近買っていくのは若い女性が多いんですよ。『戦国無双2』というゲームをご存じですか。そこに登場する三成がかなり美形に描かれていて、ますますファンが増えているようです」

ゲームの三成は、武将というよりは華麗なホストのようにも見える。

実際の三成については、一九一二（明治四十五）年に、京都大学解剖学教室の足立文太郎博士によって遺骨の調査がなされている。京都の大徳寺三玄院で改葬されたときに調査がおこなわれ、遺骨が残っていたという。司馬さんは『関ケ原』に書いている。

〈その頭蓋骨をみたとき、

「女骨ではあるまいか」

と足立博士がうたがったほどだった。しかししさいにしらべると、まぎれもなく男であるし、それに三成の肖像とありありと似ていた。非常な優男《やさおとこ》といっていい〉

さて、いまも人気上昇中の優男がすべてを賭けた町、関ケ原を歩く。

岐阜県関ケ原町は滋賀県に接し、新幹線の米原駅で東海道線に乗り換え、四駅目が関ケ原駅。面積は四九・四平方キロで、人口は約八千二百人（二〇一二年一月現在）。

一六〇〇年九月十五日の決戦は、ほぼ町の中心部で行われた。

〈あたかも楕円形の盆のような姿をしている。東西は四キロ、南北は二キロで（略）盆にふちがあるがごとく、関ケ原も低い山でふちどられている〉（『関ケ原』）

低い山に布陣したのが三成ら西軍で約八万四千。そこを突破しようとしたのが家康らの東軍で約七万五千。約十六万人が密集、激突したことになる。もっとも、ただ見ていただけの軍勢もいたのだが。

駅から一キロほど歩くと、のどかな田園地帯に、

「史蹟　関ケ原古戦場　決戦地」

と書かれた巨大な碑が立つ。

家康の葵の旗指物と、三成の「大一大万大吉」の旗指物が平等に立てられている。三成の旗の上部がすこしちぎれているのが悲しい。集団下校で通りかかった小学校の児童

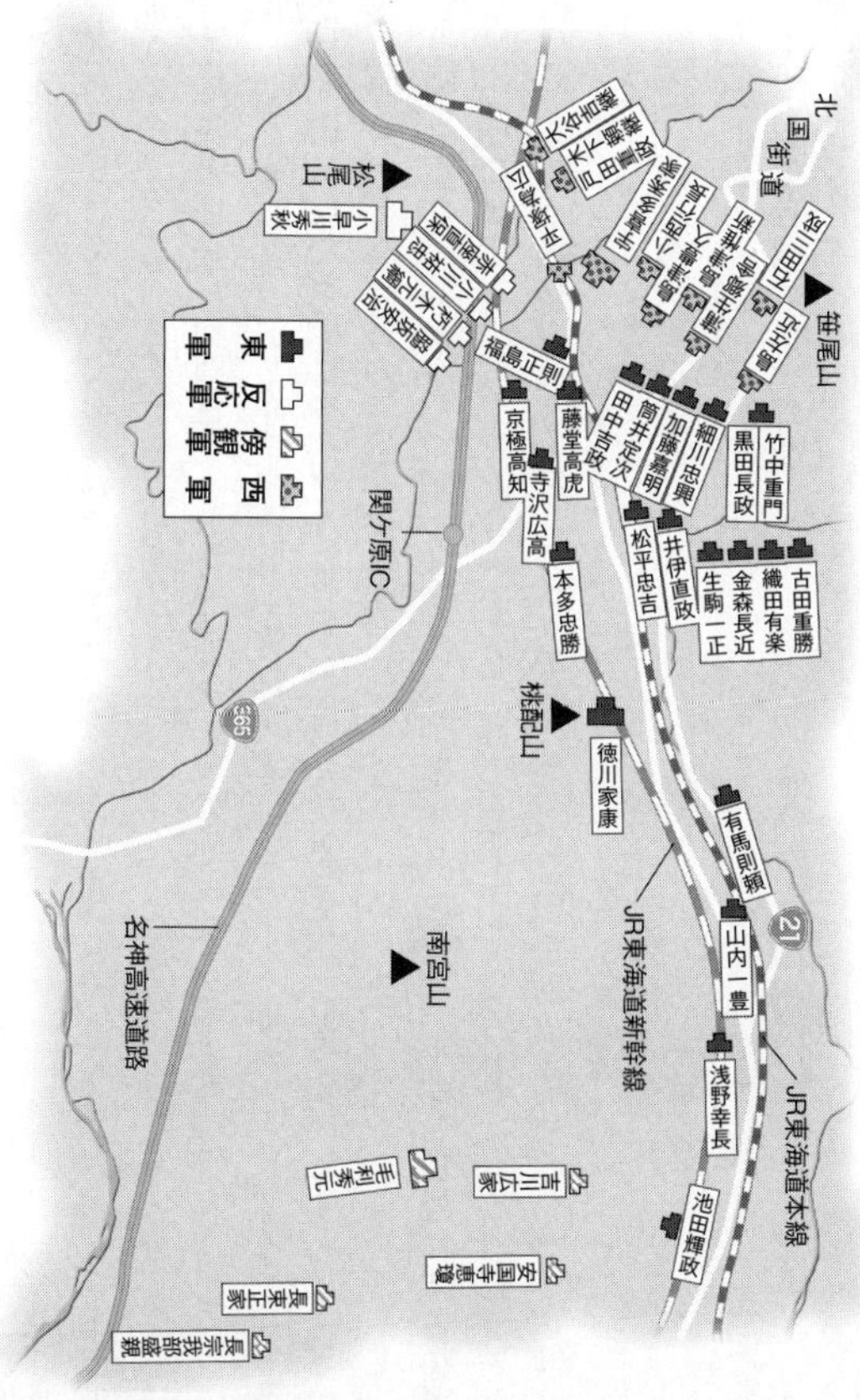

関ケ原合戦地図
（1600年 9 月15日の決戦直前＝関ケ原町歴史民俗資料館提供）
司馬さんも友人とこの地を訪ねている。

が、

「こんにちは!」

と声をかけてくれた。下級生ほど元気な声だった。この子たちは毎日の通学路が決戦地なのだ。

この決戦地から約四百メートル北西が三成の陣となった笹尾山。反対の東南約八百メートル先が家康の本陣になる。開戦当時は戦場からやや離れた桃配山《ももくばり》にいた家康はやがて前進し、三成に接近した。直線距離にすれば一キロ程度で、接近戦をいどむ両者の気迫が伝わってくる。

〈危険なことではあった。敵が、えたりとばかりに家康の本陣を目標にするのではないかということであった。しかし、その生涯で百戦をかさねてきた家康には、それだけの勇気がある。戦機を逸してまで身をかばうような思慮ぶかさは、この人物にはなかった〉

一方、三成も負けていない。

〈三成は家康の進出をよろこび、

「突撃して老賊の首を刎《は》ねん」

と叫び、士卒をはげました〉

領地の国友村でつくらせた大筒をおろし、接近してきた家康めがけて発射し、東軍を混乱させた。

〈敵は、崩れに崩れた。その突撃隊が、せめて三千の人数でもあれば家康のあたらしい本陣にまで槍をとどかせ得たであろう。「治部少め、やる」家康は叫び、かかとで土をにじり、踩《ふみにじ》っている自分にも気づかない。家康はあせっていた〉

石田治部少輔《じぶしょうゆう》三成、あと一歩だったのである。

その家康の本陣から道をへだて、すぐそばにあるのが「関ケ原町歴史民俗資料館」。毎年、三万人ほどがここを訪れる。二〇〇〇年には、十万人を数えたという。館内には、合戦で使用されたという火縄銃やほら貝、NHK大河ドラマ「葵　徳川三代」で使用されたという三成と家康の兜《かぶと》のレプリカなどが展示されている。

二階に上がると、「主な関ケ原合戦参戦武将」という展示があって、大名が四種類に分類されている。基本的には東軍と西軍だが、西軍はさらに三種類に分けられている。

八万四千の大軍のうち、実際に戦闘に参加したのは石田隊、大谷刑部《ぎょうぶ》（吉継《よしつぐ》）隊、宇喜多秀家隊、小西行長隊などで、半分以下の三万三千人ほどでしかない。あとは日和見をしていた「傍観軍」と裏切った「反応軍」に分類されている。

館長の高木優榮《まさしげ》さんが解説してくれた。

「南宮山に登ったきり、最後まで下りてこなかった毛利隊や長宗我部隊、長束正家隊などが『傍観軍』。局面を大きく変えた小早川秀秋らが『反応軍』です。土壇場で裏切った小早川秀秋が非難されてきましたが、太閤子飼いの福島や黒田などの大名たちも、そもそもみな裏切って家康についているわけです。小早川だけを裏切りというのもかわいそうな気がしますから、表現を柔らかくして、『反応軍』ですね」

髙木館長は、三成の旗指物「大一大万大吉」を手に説明してくれた。

その旗に続いていると、我々もなんだか三成の家来になった気がしてくる。

もっとも髙木館長が西軍贔屓《びいき》になったとしても、なんの不思議もない。関ケ原町山中地区の生まれで、ここには、西軍で大活躍した三成の盟友、大谷吉継の陣があり、墓がある。いわば西軍のシンボルとなった人物にゆかりの地で生まれ育った。

「大谷吉継という名前は、自然と覚えましたね。紀元二六〇〇（一九四〇）年のときに大谷吉継公の大きな碑ができて、お祝いの餅まきがあり、それを拾った記憶もあります。関ケ原で生まれ育ち、いまはここの館長ですから、この町の雰囲気にのまれた人生ですかね」

資料館には売店がある。各大名の家紋をあしらったグラスやぐいのみ、Tシャツに帽子、合戦時計に下敷き、「関ケ原！　男の決断！」というCDまで売られている。一番人気は、〇六年に新発売された携帯ストラップ。グッズの売れ行きも西軍のほうがいい。受付の女性によると、

「やはり三成、島左近、大谷吉継、島津が人気です。家康は、東から来られた方は買っ

ていかれますね」

という。

「武将短歌」という、大名が詠んだとされる歌をあしらったタイルも売られていた。

「筑摩江や芦間に灯すかがり火と

ともに消えゆく我が身なりけり」

と詠うのが三成。武将としてはやや文学的な感じがする。対して家康の歌は、

「怠らず行かば千里の果ても見む

牛の歩みのよし遅くとも」

いかにもしぶとそうで、負けないタイプとみた。

歌だけ見てもやはり三成に勝ち目はなさそうである。

さて、高木館長によれば、二〇〇〇年の四百年祭のとき、各武将の子孫を中心にして、この地で「模擬合戦」が開催された。西軍は、四百年ぶりの再戦でどう戦ったのだろうか。高木館長に顚末を聞いた。

「それはもう、史実どおり、シナリオどおりに進みました」

四百年後、三成はまた負けた。

石田町の余韻

JR長浜駅前のロータリーに、豊臣秀吉と石田三成の銅像がある。
賢そうな少年の三成が、ややとぼけた表情の秀吉にお茶を差し出している。銅像のタイトルは「出逢い」。夏のさかりに領地で鷹狩りをしていた秀吉は、喉が渇いて、ある寺に入ったという。寺で修行をしていた三成が三杯の茶をいれた。最初は大きな茶碗にぬるめの茶で、渇ききっている秀吉はむさぼり飲んだ。二杯目は量を半分ぐらいにして茶を熱くした。『関ケ原』の冒頭にその件《くだり》がある。

〈秀吉は飲みほし、さらに一服、と命じた。このころから、この少年、使える、とおもって観察しはじめていたのであろう〉

三杯目は湯の量はわずかで、舌が焼けるほど熱かった。

〈この児佳《よ》し〉と秀吉は、おもった。大人になれば使えるであろう〉

「三献茶」「三碗の才」などと呼ばれるエピソードで、本当にあった話かどうかはわからないが、いかにも鋭敏な頭脳が武器だった三成と、機知を好む秀吉らしいエピソードではある。銅像を見ていた観光客らしい、年配の女性二人が話し始めた。

「三成のお茶の話だわ。知っとる、知っとる。どうする？　写真撮っとく？」

「いや、要らんわ」

「じゃあ、見るだけやな」

その駅から五キロほど東に行くと、三成出生地の長浜市石田町がある。タイムスリップしたような、静謐《せいひつ》な空気が漂う町の一角に石田会館がある。石田町の自治会事務所と、石田三成公事蹟顕彰会の事務所も置かれている。顕彰会の五代目理事長、木下茂昭さんに会った。顕彰会ができたのは一九四一（昭和十六）年で、主な活動を聞くと、

「三成さんの法要です。関ケ原から四百年以上がたちますが、会ができてからずっと法要をしてきとるわけです」

と、木下さんは微笑む。木下さんは子どものときからずっと「三成さん」と呼んできた。たいていの町民はやはり、「三成さん」と呼ぶそうだ。十一月六日が命日となっていて、毎年それに近い日曜日に法要を行っている。〇六年は四百六回忌が行われた。町民など顕彰会の会員が中心だが、若い女性ファン、歴史ファン、子孫という人々も集まってくる。

「三成さんの子孫はたくさんおられます。私の知る限りですが、青森、埼玉、愛知、高

知、兵庫、岡山、千葉にもいます。そんなにたくさん子孫がおったのかなと思ったりもしますが、三成さんを慕う気持ちは皆さんお持ちだしね」

木下さんは、三成と共に戦った大谷刑部《ぎょうぶ》や平塚為広、島左近《さこん》の子孫だという人たちにも会ったことがある。

「西軍の主立ったメンバーが集まっている感じです。三成さんの居城の佐和山城はいまはないですが、『いっそ再興しようか』と、盛り上がったこともあります」

顕彰会が発刊する『読本石田三成』という本は三版まで出ている。その再版（一九八二年）に際し、当時の理事長が文章を書いている。

〈NHKの大河ドラマ「徳川家康」が如何なる内容であるかは別として、おそらく大衆の人気は家康のものとなって、石田三成のイメージ・ダウンはまぬがれないのではないかと危惧しております〉

翌八三年の大河ドラマ、山岡荘八原作の「徳川家康」の放映を前にして、緊張がみなぎっている文章だ。さらに続ける。

〈斜陽の大坂方（豊臣氏）に無理難題を吹きかけ、ついに戦端を開いて豊臣氏を撲滅するというあくどいやり方をした家康は天下を制し……〉

〈西軍の統率者石田三成が、敗れたりとはいえ、奸《かん》ねい、邪智《じゃち》の痴《し》れ者（徳川時代よりの三成に対する悪罵《あくば》）であった筈《はず》はなく……〉

読んでいると、まだ関ケ原が続いているような感じさえする。

「三年にいっぺんぐらいは三成さんが大河ドラマに登場し、私たちはいつもはらはらしているんです。変なふうに描かれるんじゃないかと。『功名が辻』の描かれ方はよかったです。それにふさわしい役者さん（中村橋之助）でしたしね」

しかし「功名が辻」の山内一豊については全く評価していない。

「結局は裏切り者のひとりですからね。三成さんから見たら、『なにい、一豊めが』という感じですよ」

会館の敷地内には、「石田治部少輔《じぶしょうゆう》出生地」と刻まれた碑がある。三成の三百九十回忌と顕彰会の創立五十周年を記念して造られた座像もある。この座像の表情はやや柔和な感じがする。一九四一年に石田町を訪ねた作家の吉川英治が詠んだ句碑もある。

「治部どのも今日瞑《めい》すらむ蟬しぐ禮《れ》」

木下さんと石田の町を歩いた。

石田町は長浜市内とはいえ、近江の田園地帯のなかにある。街灯に三成ゆかりの人々の名を書いたプレートが貼られている。

「石田正継」という名がある。

三成の父親で、秀吉の側近として忙しい三成を支えた。大坂城にいることの多かった三成にかわり、佐和山城代をつとめた。関ケ原の戦いで三成が敗れたあと、佐和山城で自刃している。

同行を願うが、三成は一人のほうが安全だと考えた。三成が最後まで望みを捨てていな
ようとした三人のうちのひとり。『関ケ原』にも登場する。戦場から逃げる際、泣いて
「磯野平三郎」というプレートもあった。三成の家臣で、戦場を離脱する三成に同行し

かったことがわかる。同行をあきらめた磯野らに三成はいう。

〈「よう聞きわけた」

三成ははじめて微笑し、とっさに身をひるがえして木立のむこうに消えた。それが、

磯野、渡辺、塩野の三人が三成の姿を見た最後であった〉

三成ファンにすれば、磯野平三郎のプレートはうれしいだろう。

木下さんはいう。

「『石田三成』という酒がありましてね。近くの木之本町でつくってもらったものです

が、これがよく売れてます。若い女性がよろこんで買っていますね」

別れしなに、木下さんは〝ライバル〟家康の話を少しした。

「敵ではありますが、家康は家康なりの苦労をして、忍耐を重ねてあそこまでなった。

その点、三成さんは青いというか、若かったかな」

関ケ原の家康は五十九歳、対する三成は四十一歳だった。

もっとも三成の出世はずいぶん早い。三成は一五八五年、二十六歳の若さで従五位下治部少輔となっている。「五奉行」のひとりとして、秀吉政権の大黒柱となっていく。

長浜市長浜城歴史博物館が一九九九年に催した特別展覧会の図録に、「石田三成の生涯―その出自と業績―」という文章がある。

〈三成を現代政界になぞらえるなら、秀吉内閣の初代官房長官であろう。それも後世まで語り継がれた「名長官」として歴史に燦然と輝いたはずである。もし、豊臣政権が続いていれば……〉

この展覧会を担当した博物館の太田浩司さんに話を聞いた。

「石田三成は、豊臣家に義を貫いた人物だとする見方があります。それが女性ファンの心をつかんでいるのでしょうが、もっと目を向けてほしい面があります。家康は豊臣政権のつくったシステムを踏襲しただけで、ほとんど何もしていない。これに対し、江戸時代の政治経済のシステムをつくり上げたのが、石田三成だったと思うんです」

豊臣政権の政策といえば、「太閤検地」と「刀狩令」が有名だ。

秀吉は全国統一をなしとげる一方で、日本全国を検地した。田畑を測量し、石高を決め、これが江戸時代に踏襲されている。刀狩は武器の取り上げで、兵農分離が進んだ。

「政策を推進したのは秀吉の幕僚である『五奉行』で、中心にいたのはおそらく三成でしょう。国家の枠組みをつくった男ですね」

わずか十九万石余の三成が、二百五十万石を超える家康に挑戦したのが関ケ原。結果として家康に政権をもたらすことになり、政権を支えるシステムまで家康にヌケヌケ使われたことになる。

「つまりそれだけ、三成には国家のビジョン、アイデアがあったのだと思います。そしてさらに新しい政策を推進するためにも、中央集権的なシステムをつくりたかった。しかし、家康を支持した連中は領国内への干渉や統制を望まず、ゆるやかな大名連合の形を望んだ。その対立が関ケ原だったと思います」

若き官房長官は当時も理解されず、加藤清正や福島正則らの無用の怒りを買った。後世の評価も、まだ高くない。長浜市でも、石田町は別として、それほど尊敬されている感じはなさそうだ。

「石田三成が長浜の偉人だという意識は、あまりないので困りますね。三成も重要な人物だからもう少し顕彰しなければという意見は、出ては消え、出ては消えていますね」

と、太田さんは結んだ。

信玄の相続者

「知」には自信を持っていた三成だが、「武」でも自分は負けないと考えていたかもしれない。

　そうでなければ、徳川家康とは戦えない。家康は当時、戦国時代の修羅場をくぐり抜けてきた最強の武将とされていた。信長に翻弄されつつも信頼され、秀吉には最後まで負けなかった自負がある。

　猛将といわれた加藤清正や福島正則も、家康にはおとなしく従った。そんな家康に挑むのだから、三成の自信は相当なものだっただろう。少なくとも覚悟はあった。司馬さんは『関ケ原』の冒頭、三成の居城、佐和山城について書いている。

〈分不相応の城であった。なぜ、島左近ほどの者を召しかかえ、かつ天下有数の巨城をつくらねばならなかったか。答えは、この城が、城内すべて壁は仕上げ壁をぬらず、土の色をむきだした粗壁《あらかべ》のままだったというだけでもひきだせる。壮麗を誇るために城を築いたのではなく、実戦をつねに念頭に置いていた〉

佐和山城は取り壊されていまはない。かつては、滋賀県の彦根市にある佐和山（標高二百三十二メートル）の山頂にあり、中山道を押さえていた。その天守閣は三層とも五層ともいわれ、曇り空だと城下町からは、山の上の天守の鯱鉾《しゃちほこ》が見えないほどの高さだったという。

〈三成は、野望のもちぬしであった〉

と、司馬さんはさらに書く。

戦国末期の名士、島左近を筆頭家老とした。他家がうらやむ左近を大看板として、「武」をおぎなったのかもしれない。二人は家康の野望を阻止するため、佐和山城から政局に臨んだことになる。

〈かれらはこの城をつくりながら、

「もし、太閤殿下がお亡くなりになれば、秀頼君はまだ幼い。当然、天下は乱れる。後継者をきめる戦いがおこる。そのときこそ中原《ちゅうげん》にわれらの旗を樹《た》てねばならぬ」

と話しあったことであろう〉

三成と左近の夢の跡、佐和山を訪ねた。ＪＲ彦根駅から麓まで歩いて十分はかからない。登るルートは主としてふたつで、四十分ほどで登ることができた。雑草が枯れる冬は登るのが楽だと聞いたが、運動不足のため、足がふらつく。とても三成の家来にはなれそうもない。市民のハイキングコースだとあとで知り、さらにがっかりした。

山頂にはなにもない。

ただ、佐和山城があったことを示す碑がある程度で、あまり整備はされていない。敗者には何もくれてやるなということだろうか。

もっとも眺望は素晴らしい。

琵琶湖も新幹線も名神高速もすべて見える。関ケ原の仇敵、井伊家の彦根城も眼下に見下ろすことができる。東西をにらむ拠点に建てられたことはよくわかった。

山を下り、再び戦国の城に詳しい、中井均さんに会った。佐和山城については「境目の城」だという。

「北近江と南近江の境目にあり、昔から重要な城でした。戦国末期には浅井長政の有力な武将が立てこもり、信長軍と戦っています。信長は半年かけてようやく無血開城にもちこみます。その後は安土城ができるまで、岐阜から京都に行く途中の拠点として、近江における居城として使っています」

安土城ができてからは二番家老の丹羽長秀に与えている。

さらに秀吉も重要視した。

「堀秀政、堀尾吉晴といった秀吉政権のなかでは有力な家臣の城として使われます。山内一豊を課長クラスとすれば、堀や堀尾は部長クラスでしょう。そして次に城主になったのが秀吉側近の三成です」

もっとも三成は豊臣政権の中枢にあったため、大坂城などで政務に忙しく、父親の石田正継らが地元の面倒をみている。

関ケ原で三成がやぶれたあと、石田正継らは佐和山に立てこもる。それをすかさず攻撃したのが彦根藩の初代、井伊直政だった。

「落城したあと、直政は佐和山城主となります。豊臣秀頼のいる大坂をにらむ佐和山に、家康は信頼していた家臣の直政を置いた。家康の代になっても重要な拠点でした」

その後、彦根城がつくられ、ようやく佐和山城は歴史的使命を終える。

「彦根城に移るとき、徹底的な城割りを行っている。つまり壊してしまった。天守に火をかけたという記録もあります。石垣は彦根城につかわれ、ほとんど佐和山で見ることはできません。石田色を完全に消し、自分たちは佐和山以上の城をつくったと誇示をしたのでしょうね」

と、中井さんはやや残念そうにいっていた。

佐和山城のあとは、彦根城に向かった。両城は車だと五分もかからない。司馬さんは『街道をゆく24　近江散歩、奈良散歩』（以下『近江散歩』）のなかで、彦根城について記している。

〈夜の湖水を中景にして、彦根城の天守閣が照明をうけて白々とうかんでいるのを見たとき、ときめくほどに感動した〉

さらに朝に登った。

〈彦根城につくと、どこかから落葉を焚く煙がただよってきた。冬の朝のにおいがした。私は、石段がつらい。大息をつきながらのぼるうちに、石段の上から十数人の人達が降りてきた。（略）みな無口だが息が合っており、ごく自然にかたまりつつ、足どりをあわせておりてくる。おなじ会社の人達にちがいない。（略）

（御家中《ごかちゅう》だな）

と、不意におもった。私のように浪人ではない〉

司馬さんが浪人かどうかはともかく、彦根城を訪ねたのは一九八三年十二月。二十数年たって、司馬さんにならい、冬の彦根城に登った。

石段はやはりきついが、安土城、佐和山城といった山城にくらべればそれほどたいしたことはない。

石段を下りていくとき、声をかけられた。

「ちょっと、あとどのくらいで、彦根城に、着くんやろか……」

小柄な年配の男性で、かなり息が荒い。もう少しですよ。すると照れ笑いになり、叫ぶようにいった。

「ワシは八十やで。これでも予科練や」

司馬さんは「御家中」に会い、私は「予科練」に会ったことになる。

城を降りて、彦根城博物館を見学した。ここではいつも能面のコレクションに釘付けになってしまうが、もうひとつ、必ず足が止まるのが「赤備え」。歴代藩主の具足が飾られている。ほとんどが赤く、勇ましい。

「二カ月ごとに展示する具足をかえているんですよ。いまは大坂の陣で活躍した井伊直孝のものですね。初代の直政が関ケ原で着用したとされるものもあります。派手さはないですが、やはりいちばん質実剛健ですね」

と教えてくれたのは、彦根城博物館学芸員の渡辺恒一さん。

「直政の家臣団は極めて戦闘力の高い軍団でした。旧武田氏に所属していた甲州や信州のプロフェッショナルな武士たちがたくさん入り込んでいます。家康の指示でですね」

家康は武田氏が滅亡したあと、めぼしい将士を召し抱え、多くは直政の家来にした。武田氏のある勇将にならい、直政以下、具足などは赤にした。これが「井伊の赤備え」で、『近江散歩』には書いてある。

〈つまりは、井伊家が信玄流の相続者になったといえる。(略)大軍の決戦には、先鋒部隊を錐《きり》のように鋭くして敵陣に穴をあけねばならないが、家康は直政をもってその錐にしたのである〉

以後、井伊直政隊は「赤鬼」と恐れられる。関ケ原ではつねに激戦地にいて、敵中突破を図る島津隊も追撃した。その際、直政は鉄砲傷を受けている。渡辺さんはいう。

「そのあともよく働いています。直政は軍事能力だけでなく、外交にも非凡な男でした。島津や毛利の戦後処理にもあたっています。石田三成の領地をまかされたのも、誠実な人柄を買われたためでしょう」

関ケ原でやぶれたあとの三成は捕らえられ、京の六条河原で処刑される。

〈死にいたるまでのあいだ、三成の身柄を、家康は直政にあずけた。遺領を相続する者にその死刑囚の身柄をあずけるなど、家康の感覚には血のにおいがただよっている。ただし、直政の三成に対するあつかいはむかしとすこしも変らず、鄭重に礼遇したという。直政の人柄にはどこか、のちの英国貴族のような気配がある〉（『近江散歩』）

その二年後、直政は関ケ原の古傷が原因で亡くなっている。亡くなったのは佐和山城だった。

「まだ彦根城の築城ははじまっていません。つまり直政はこの彦根城を知らないんですよ」（渡辺さん）

〇七年は三月二十一日から十一月二十五日まで、「国宝・彦根城築城四百年祭」というイベントが開催された。そのためか、例年よりも人出は多く、彦根城は華やいでいた。そういえば、佐和山では山登りのランナーひとりに会っただけだった。

家康と赤鬼

徳川家康に挑戦した石田三成は勇気はあったが、やはりエリートの弱みがあった。少なくとも家康が舐めてきた苦労を知らない。

家康は三歳で生母と別れ、六歳で人質となった。最初は織田に、のちには今川の人質になる。故郷の岡崎に戻ったのは十数年後だった。

ようやく今川の支配を脱したあとに信長と同盟を結ぶが、対等な力関係ではなかった。武田氏に内通した疑いをもった信長の命令により、正室の築山殿と長男信康を殺さなくてはならなくなる。信康の死は、家康の生涯の痛恨事となった。

戦場では負けつづけた。

とくに戦国最強といわれた武田信玄には、三方ケ原の戦いで正面から戦を挑み、粉砕されている。

武田騎馬軍団に追いかけられ、身ひとつで浜松城に逃げ込んだときは、恐怖のあまり鞍《くら》の上に脱糞していたという話もある。司馬さんは家康の半生を描いた『覇王の家』の

なかで、

「この時代の名のある将のなかで家康ほど敗走の経験の多かった者はない」

と書いている。

岡崎市美術博物館の学芸員、堀江登志実さんに話を聞いた。岡崎市の「三河武士のやかた家康館」の展示を十五年担当するなど、ずっと家康にかかわってきている。

「マイナスをプラスに転じていくのが家康のおもしろさですね。家康を調べていくうち、私も影響を受けました。苦境に立ったとき、なにかプラスに転ずることはないかと考える習慣が身につきましたね」

と、堀江さんはいう。

「小田原征伐が終わってから、秀吉の命令で関八州に家康は移ります。家康だって苦労して手に入れた三河、遠江、駿河を手放したくはなかったでしょう。これもマイナスでしたが、今度は関東で力を蓄える。京都には見向きもせず、江戸で政権をつくっていく。しぶといですね」

さらに繊細さもある。

「駿河、信州、甲斐など武田氏の勢力圏にあった地域に入るとき、武田氏の土地所有の手法を踏襲しています。支配の仕方をまなび、無用の反発をさけています」

〇六年秋、堀江さんは「徳川四天王―天下統一の立役者たち―」という特別企画展を担当した。四天王とは、酒井忠次、本多忠勝、榊原康政、そして井伊直政を指す。

「四人とも戦争のスペシャリストたちであり、外交など渉外的な仕事もこなしました。酒井は小牧・長久手の戦いまで、ほかの三人は関ケ原まで重要な働きをする。豊臣秀頼をたおす大坂の陣のときは、四天王はみな亡くなり、二世たちが活躍しています。家康は驚くほど長生きし、家来たちを完璧に使いこなしました」

ところで、四天王のうち、のちの彦根藩主となった井伊直政はほかの三人と事情が違う。

「まず年代が違います。酒井より三十歳以上も若く、本多や榊原より十三歳も若い。家康に仕えた時期も遅いのですが、関ケ原前夜には先輩たちを追い越し、すでにナンバーワンとなっています。さらに出身地が違う。ほかの三人は三河ですが、直政は隣の遠江の出身でした」

家康と主な家臣十六人を描いた「徳川十六将図」という絵がある。日光東照宮や家康の菩提寺、大樹寺（岡崎市）などにある絵で、もちろん直政も描かれている。直政以外の十五人の家臣はみな三河出身。家康の家臣団の幹部で、三河出身でない人物はきわめてめずらしい。

「よそものが入りにくいといわれる三河ですが、直政はうまくとけ込んでいたようです。実力もあったし、如才もなかったのでしょう」

直政は静岡県引佐《いなさ》町（現・浜松市）の井伊谷《いいのや》の生まれ。井伊家はもともと今川家に従属していたが、次第に関係が悪化する。父親を殺害され、少年時代の直政は井伊谷を離れて各地を転々とした。やはり少年時代に今川氏の人質となって苦労した家康とは、通ずるものがあっただろう。

小説の主人公にはならないが、書き残したい思いがある。そういう人物について、司馬さんは『街道をゆく』に書くことがよくあった。

『関ケ原』の井伊直政が典型だろう。『近江散歩』では三章にわたり、司馬さんは直政、そして井伊家について書いている。司馬さんの筆致から、『関ケ原』の余韻が伝わってくる。

〈家康の幕下で、直政ほど家康から愛され、信頼されていた人物もすくない〉

家康との絆は深かったようだ。

〈直政は思慮ぶかく、四方に心をくばって、しかも口重《くちおも》の人だった。家康もときに思いちがいをした。そういう場合、「直政が余人のいないときに意見をしてくれる」などと、人を月旦することのない家康が、めずらしく直政の人物評を秀忠夫人への手紙のなかでふれたりしている〉

もちろん戦場では勇敢だった。

武田家の勇将にならって、直政以下は具足を赤く塗った「井伊の赤備え」にしたのは有名で、小牧・長久手で戦った秀吉は、井伊隊の強さを恐れ、「赤鬼」と呼んだ。

赤鬼は幕末にもいた。

〈直政から十何代かのちの彦根藩主である直弼《なおすけ》が、幕末、大老として時勢の混乱を果断に拾収しようとした。かれは公卿、大名、諸藩の士などの野党的活動者を大弾圧（安政ノ大獄）したが、このときひとびとは直弼のことを「井伊の赤鬼」とよんだ。憎悪より多分に畏怖をまじえてよんだのである〉

直弼は一八六〇年、桜田門外の変で水戸浪士らによって暗殺される。彦根市教育委員会で市史を編纂している小林隆さんはいう。

「戦前に彦根に生まれた人は、井伊家のことをつよく意識して育った人が多いと思います。お城のそばにある城東小学校に通った人ならなおさらで、この学校には井伊直弼の像がいまでもあります。戦前までは学校のなかで、『直弼朝臣《あそん》祭』があり、開国の決断をした郷土の英雄だと教えられました」

もっともその後の彦根藩は複雑な立場におかれる。「安政の大獄」は幕府のために断行したのだが、直弼の死後、政治の風向きが変わり、彦根藩は幕府から処分を受ける。

彦根城博物館の学芸員、渡辺恒一さんにも話を聞いた。

「十万石を減らされ、京都守護の地位もうばわれる。彦根藩はその屈辱をはらすため、さまざまな戦争に参加します」

天誅組を奈良で討ち、天狗党を敦賀でやぶった。それでまたうらみを買う一方、第二次幕長戦争に参加して大敗もしている。さらには沿岸警備にも積極的に参加した。彦根藩は大汗をかき続けた。

「しかしその功績はあまり認められずにいた。その間に下級武士の台頭があり、彦根藩の意見もふたつに分かれます。最後の藩主直憲《なおのり》はついに、新政府軍に加わることを決めた。鳥羽伏見の戦いの寸前でした」

と、渡辺さんはいう。

以後、譜代筆頭の四天王であり、つねに先鋒をになってきた「赤備え」が、逆に「官軍」となった。おそらく敵も味方も驚いただろう。

歴史のパラドックスの影響はその後も続く。

「官軍なのに、官軍という印象がうすいんですね。直弼の印象はあまりにも強すぎました。そのためか、彦根出身者は中央官庁などでは冷や飯を食わされたなどといわれます。その負の遺産を背負いつつ、逆に自分たちの誇りを直弼に求める動きも明治期に始まります」

と、彦根市教育委員会の小林さんもいう。大正期にできた町立図書館には、「開国文庫」というコーナーがすぐできた。開国関係の資料をずいぶん集めた時期もあったという。小林さんは、戦前の城東小学校に通っていた人から聞いた話をした。

「日ごろは直弼は郷土の偉人だと教えられているのに、中央から役人が来ると、直弼の像がどこかにしまわれたそうです。中央、つまり薩長にとって直弼は敵ですからね。おおっぴらに見せられないものを尊敬しろといわれていたことになる。そういう大人たちの姿を見たとき、その人は『わしはいったいなんなんや』と思ったそうです。まるで隠れキリシタンのような矛盾ですね」

司馬さんは『関ケ原』で、こんな話も紹介している。

〈彦根の市長さんである旧伯爵井伊直愛《なおよし》氏が学習院の小学生だったころ、ある夏、お祖父さんが、旅行に連れて行ってやろうといって東海道線に乗り、関ケ原駅でおろされた。その関ケ原の夏草のなかに立ち、

「お前のご先祖がここで奮迅の働きをなされたればこそ、お前はこんにち、安楽に暮らせている。ご恩をわすれてはいけない」

と言われたそうだ〉

故井伊直愛さんは一九五三年から八九年まで、実に九期も彦根市政にたずさわった名物市長。直愛さんのおじいさんといえば、彦根藩最後の藩主の直憲さんだ。さぞかし万感の思いがあった言葉だろうと思ったが、渡辺さんは「残念ですが」という。

「直憲さんが亡くなってから直愛さんが生まれていますから、話は成り立ちませんね」

司馬さんの創作だろうか。なんだか、『関ケ原』でうまく討ちとられた気分になった。

敦賀の親友

大谷吉継は秀吉政権下で、優秀な官僚として出世を重ねている。九州遠征では、三成とともに、膨大な遠征軍の食料や宿舎、船の調達などを担当する兵站《へいたん》奉行をつとめている。

「武」より「理」の人とみられていたが、秀吉は武将としての潜在能力の高さを認めていた。司馬さんは『関ケ原』で書いている。

〈平素は物静かな男だが、なによりもかれを特徴づけているのはその度胸のよさだった。秀吉は、吉継のその点を買い、「百万の軍の軍配をあずけてみたい」といったのであろう〉

のちに評価の正しさを関ケ原で証明し、徳川家康を震撼させることになる。

その吉継ゆかりの地といえば、福井県敦賀《つるが》市。一五八九年から関ケ原のあった一六〇〇年まで、吉継は敦賀五万七千石の城主となっている。

敦賀港の近くに「みなとつるが山車《やま》会館」があった。

毎年九月の気比《けひ》神宮の例大祭で曳かれる山車が展示されている。山車の上には武者人形があり、実物の甲冑や能面をつけている。どの山車も合戦をテーマにしていて、

「エンヤサー、エイ」

「オイスクデ」

というかけ声とともに練り歩く。

「オイスクデ」は、「ほれ、もうそこだ」と、曳き手を励ますかけ声だという。展示されていた山車のひとつ、「観世屋町山車」のテーマは関ケ原だった。

武者人形は三体。敦賀ゆかりの吉継が中央に座り、前方に刀をふるう三成がいる。さらに、その左にいるのが槍をもつ小早川秀秋だ。

「なんで敵味方が一緒なんだと観光客から聞かれることもありますが、山車一台で合戦をあらわしますからね」

と、職員がいう。

ほかの山車を見ると、たとえば山崎の合戦では明智光秀と豊臣秀吉が一緒に乗っている。そう考えると石田三成の敵といえば家康のはずだが、よっぽど裏切った小早川秀秋の印象がつよいのだろう。山車の上の吉継は小早川の裏切りにも落ち着いているが、三成は心なしか、かなりあわてているようにもみえた。

山車会館のとなりの敦賀市立博物館では二〇〇六年夏、「盟友~石田三成と大谷吉継

〜」という小企画展があった。〇六年から長浜―敦賀間にJRの新快速電車が走るようになったのがきっかけで、担当した学芸員の森田恵理子さんはいう。

「これから長浜との交流も深まるだろうということで、敦賀を治めた吉継と長浜生まれの三成の企画展を開いたんです」

もっとも吉継の足跡を敦賀でさがすのはなかなか難しい。敦賀城は関ケ原後に廃城となっている。

「伝説はあるんですが、確かなものといえば、寺社などに残した文書があげられます。寒い時期に綿をもらった礼の手紙や、住職の病気を心配し、京都にいい医者がいるから紹介するといっている手紙もあります」

住職には跡継ぎを決めておいたほうがいいとも書いている。吉継は病に侵されていたといわれるから、病人の気持ちがよくわかり、親身になる手紙になったのかもしれない。当時の敦賀らしい手紙もある。

敦賀は日本海交易の中心地で、日本海の各地から物資が集まり、それらが北国街道を通って京、大坂に運ばれた。

「伏見城に使われた『太閤板』といわれた杉が、秋田から敦賀に運ばれたことを示す文書、さらには吉継が商家に船を敦賀に集結させせよと命じている文書もあります。敦賀短大の外岡慎一郎先生によれば、朝鮮出兵に関するものと思われ、敦賀は軍港としての役割も果たしていたようです」

商業を重視し、海外を視野に入れていた秀吉。重要な拠点の敦賀に、側近の吉継をおいたのだろう。

ところで企画展のポスターには、頭巾をかぶった吉継、扇子をもった三成のかわいらしいキャラクターが描かれている。森田さんは笑って説明してくれた。

「私たちも手作りでキャラクターを作ってみたんです。頭巾をかぶった吉継がヨッシーで、扇子をもった三成がミッチーです」

博物館に吉継のことを尋ねる観光客は増えてきたし、吉継の顕彰会も誕生している。

「でも、最近なんですよ。ようやく敦賀の街づくりの礎を築いたのが私の先祖の吉継だと考える人が増えてきたようですね」

というのは横浜市の大谷裕通さん。関ケ原四百年の二〇〇〇年には、敦賀市でも吉継の四百回忌が菩提寺とされる永賞寺で営まれた。市長をはじめ約百三十人が法要に参加したが、大谷さんも父親とともに参加した。「大谷吉継の『義』今も」と見出しのついた福井新聞の記事には、大谷親子が「第十五、十六代子孫」として紹介されている。

「群馬県伊勢崎市の竜昌院に、吉継の孫の墓があります。その寺にある過去帳から、わが家では大谷吉継の系譜につながると代々教えられてきました。戦国時代の子孫はあてにならないとする学者の方がいるのは知っていますが、敗者の記録はなかなか後世に伝わらない。徹底的に破壊もされたでしょう。言葉に表せないものがあるのです」

行政書士で信用組合に勤務している。柔和な表情で話してくれるが、ときに眼光が鋭くなる。なにより姿勢が素晴らしい。

「居合道の道場を開いていますからね」

「土佐直伝英信流白頭会」の代表師範で、八段の有段者だ。子孫があつまった「関ケ原四百年慰霊祭」のときは居合を披露、東軍の子孫をびびらせたようだ。

もっとも、母親の曽祖母は『功名が辻』の山内家と関係がある。

「だから、関ケ原の慰霊祭に母と行くと、私は西軍のほうに座りますが、母は東軍のほうに座るんですよ」

関ケ原町の宝蔵寺でおこなわれる慰霊祭に、大谷さんがはじめて参加したのは八八年だった。

「本堂のずっと後ろにいて、紹介されて焼香するとき、なぜか会場がどよめきました。自分の席にもどると、となりの人が『わて、おたくさんの先祖のファンです』といわれたことを覚えています」

ともに戦った石田三成、島左近、宇喜多秀家、戸田重政の子孫らとはもちろん仲良しになった。

「三成の子孫のある人は、『おなかをこわしやすいんですよ』といっていましたね。やはり関ケ原でもおなかをこわしていた三成の血でしょうか」

西軍だけではない。

「やはり先祖の受けがいいのか、西軍はもちろん、東軍の人もよく話しかけてくれます。土山内一豊の子孫、豊秋さんはお酒が強かったなあ。さすがに酒豪山内容堂の子孫で、佐鶴をパカパカあけていました。一橋慶喜の家系の人とも仲良くなりましたよ。『ウチの庭で花見をしませんか』と誘われ、皇居（江戸城）に連れていかれたのには閉口でしたが」

もっとも、裏切った人たちとは話をしないそうだ。

「小早川さんも慰霊祭に来ているとは聞いていますが、私からはね」

と、大谷さんは目を細める。

「だいたいね、そういう席だと平塚さんが私を離してくれません」

と笑っていた。

大谷吉継と平塚為広の縁は深い。かつて秀吉の直参だったが、吉継の与力大名となった。以後は行動を最後までともにする。

当初、三成の挙兵に反対だった吉継は再三使者をおくる。しかし決意が固いことを知り、ともに戦う決意をする。『関ケ原』では、吉継が平塚為広に語るシーンがある。

〈「武士とはおもしろいものだ。そこもとの寿命もどうやら今年かぎりときまったぞ」

「望むところ」

と、平塚孫九郎は、老いた顔をほころばせた。やがて茶ばなしでもするように、

「（略）江戸の老虎を討つ義戦とあれば、ずいぶんとさわやかな死花が咲きましょう」〉

その平塚為広の子孫、平塚隆一さんにも会った。祖先が仕えた将の子孫、大谷さんに慰霊祭で会ったときは感極まったという。

「自分は涙はめったに見せないほうなんですが、お会いしたときは胸にこたえましたね。よくぞ大谷のＤＮＡを切らさず、残してくれはったと」

以後は現代もまた、大谷・平塚の交流が続いている。

西宮市に住み、もともとは写真館を経営していた。いまはボランティア活動に忙しい。

「私は十二代目になるんですが、為広の為は、人の為だと、親から教えられてきました。いまは近くの公園や道の掃除、防犯活動もしています。『子供見守り隊』というんですよ」

関ケ原の猛将のＤＮＡが、子供たちを見守っている。

松尾山の小早川秀秋

岐阜県関ケ原町にある松尾山は標高二百九十三メートル。関ケ原合戦の当日にタイムスリップしたとして、松尾山の山頂ほど戦場を一望できる場所はないだろう。

西軍でいえば、左手に石田治部少輔《じぶしょうゆう》三成の陣地がある笹尾山が見える。中央には島津隊がいて、眼下には大谷吉継隊がいる。さらには宇喜多秀家隊も活発に動いている。

東軍は石田隊にむらがる黒田長政隊、細川忠興隊などが見える。しかし旗色は悪い。三成自慢の家老、島左近や蒲生郷舎《さといえ》、舞兵庫《まいひょうご》に追い散らされているようだ。

武功自慢の福島正則隊も苦戦。宇喜多秀家隊に突き崩されている。

やがて見かねたのか、徳川家康（内府）の本隊が進出してきた。松尾山からだと右手に家康隊が遠望できる。家康は三成との距離をせばめ、雌雄を決しようとしているのだ。

松尾山に陣地を築いていたのは、十九歳の小早川秀秋だった。

秀秋は約一万五千の大軍を連れてきていた。秀吉の妻ねねの甥《おい》で、十一歳で中納言になり、朝鮮出兵では総大将になったこともある。三十六万石の大名で、西軍の有力武将として期待されていたが、一方で、三成との仲の悪さは知れ渡ってもいた。つまり、秀秋が戦場でどういう行動をとるのか、西軍も東軍も、よくわかっていなかったようだ。

当初、この日の戦闘に、小早川軍は参加していない。そして激戦になるにつれ、重要度が増していった。キャスチングボートを握る存在となった秀秋の忙しい一日を、司馬さんは描写している。

開戦したのは午前八時ごろで、このころはまだ霧が出ていて、山頂から戦場はよく見えなかった。秀秋は家老の平岡石見《いわみ》に状況を聞いた。平岡は秀秋の動揺を恐れ、励ますように答えている。

〈「むろん、御味方の勝ちでござる」

と、顔色も変えずにいった。秀秋は味方、という言葉にとまどった。自分の味方が東軍なのか西軍なのか、一瞬混乱したのである。

「味方とは、いずれぞ」〉

やがて午前十一時過ぎ、霧が晴れてくると秀秋は東軍苦戦の状況におどろく。平岡を呼び、相談する。

〈「どう思う。治部少の形勢がいい」

秀秋は眉《まゆ》をしかめていった。（略）

司馬さんは書いている。ふたたび

「内府を、裏切るか」

秀秋は、小声でいった〉

二転三転する心を、家康は見抜いていた。鉄砲大将に命じて、松尾山の小早川陣地に向けて発砲させた。督促であり、恫喝でもあったと、司馬さんは書いている。ふたたび秀秋はおどろき、平岡を呼ぶ。

〈「内府が、怒っている。石見、早くせぬか」〉

松尾山を駆け下りた小早川軍は大谷吉継隊に襲いかかった。朽木《くつき》元綱、脇坂安治、赤座直保、小川祐忠隊も小早川に続いて裏切ってしまう。奮戦していた大谷隊、宇喜多隊、ついには石田隊も壊滅した。秀秋は結局、家康を勝たせた最大の功労者となった。

その松尾山を歩きながら、山城の友、中井均さんの話を聞いた。

「松尾山は単なる陣地ではなく、織豊《しょくほう》期の特徴をすべて兼ね備えた、見事な山城です」

と、中井さんはいう。

松尾山にはかつて美濃の土豪が砦程度の小城を築き、廃城となった歴史がある。しかし、いまも松尾山に残る遺構は、その程度の小規模な城を示すものではないと、中井さんはいう。山頂中央に本丸があり、両翼が三百メートルをこえる大規模なもので、新たに造られたようだ。もちろん、一日やそこらの急ごしらえでできるものではない。

「小早川が入城したのは関ケ原の前日の九月十四日です。すでにそのときは松尾山のいわば新城は、完成していたことになります」

中井さんは、残された三成の手紙などから、三成は大坂にいる毛利輝元をこの松尾山に呼ぼうとしていたのではないかとみている。

「三成が考えていた予定戦場は関ケ原ではなく、大垣付近だったと思いますね。その戦いを見守る大将の城として、松尾山を用意した。それだけの規模の城ですよ、ここは。しかし築城したと思われる伊藤盛正は、十四日に小早川軍に松尾山から追い払われている。伊藤は三成の命を受けている人物ですから、松尾山は小早川によって不法占拠されたともいえます」

中井さんと一緒に松尾山に登ったのは〇六年暮れ。雪が降っていた。山頂に登ってしばらくは何も見えなかったが、やがて晴れ間が広がり、関ケ原盆地が丸見えになった。

「十四日から十五日にかけて、おそらく戦場は大混乱していたでしょう。三成や吉継が、裏切りの心配があった小早川をわざわざ松尾山に配置したとは思えません。それでは本当はどこに秀秋を置きたかったのか。関ケ原は調べ尽くされたようで、まだわからないことが多いんですよ」

と、中井さんはいっていた。

それにしても秀秋はどんな気持ちで、山頂から戦場を眺めていたのだろうか。キャスチングボートを握った喜悦のなかにいたのか。それとも司馬さんが書いたように、不安でたまらなかったのだろうか。

「私はもう必死で見ていたと思いますよ。家臣をならべて、このままじゃもう、徳川さん負けるぞとね」

というのは、岡山市にある瑞雲寺の住職、堺龍純さん。

日蓮宗の瑞雲寺は小早川秀秋の菩提寺だ。

関ケ原のあと、戦功によって備前五十万石余となった秀秋だが、その二年後に二十一歳で亡くなっている。瑞雲寺の創建は一三三八年。四百年以上も、秀秋の菩提をとむらい続けている。裏切り、寝返りといわれた秀秋の行動について、堺住職は真っ向から反論した。

「まず、ねねさんの甥であることが大きいですね。ねねさんは淀君との対立もあったでしょうが、なにより家康公の力量を見込んで、家康公についていた。その意向は、甥の秀秋公に大きな影響を与えました」

裏切ったのではないという。

「それどころか正義の戦いだったと思います。戦国時代は人と人とが殺し合う時代で、民は苦しみました。秀秋公は出世のために徳川方についたのではありません。三成が勝っていれば、まだまだ群雄割拠の時代が続く。家康公ならば、国を安泰にすることができると考えた。民を幸せにするため、東軍を選んだ。世を安泰にしようとする正義です。

秀秋公は日本人同士が殺し合いをやめる、大きな礎《いしずえ》を築いた武将ですよ」

　松尾山で戦況を見ていたとき、東軍が勝っていれば、そのまま山にいたのではないかという。

「ところが正午近くになっても西軍の有利が続き、これじゃいけんと思ったと思います。あまり参戦したくなかったと思いますね。よく家康公の鉄砲におどされて参戦したといわれますが、一万五千人がそんなことで動くでしょうか。よくよく考えてのことで、日和見なんかしていません」

　堺住職は次々と反論する。

「判断能力がないとか、阿呆とかいう人もいますが、とんでもない。子供のころは『神童』といわれた人ですよ」

　岡山城主になってから亡霊に苦しんだ、あるいは乱行が続いたなどともいわれた。

「亡霊に怯える戦国武将なんかいません。岡山城主になってからは善政をしいています。城郭や堀、神社仏閣の整備、不満が多かった検地をやりなおすなど、とても一年十カ月の治世ではできないことを成し遂げている。いまの政治家に比べれば立派です。ご乱行を重ねていては、そんなことはできませんよ」

　ときどき、小早川秀秋のファンも訪れるという。

「よく歴史を知る人がこの寺においでになります。私と同じ考えの人もいますね。松尾山に行かれて、ここに来る方もいます」

本堂に案内された。

本尊の横に、大きな提灯《ちょうちん》が下がっていて、

「瑞雲院殿
金吾中納言」

と、書いてある。

瑞雲院殿は戒名の一部。ここから寺の名前がつけられている。秀秋は諸侯から「金吾様」と呼ばれた。この寺の大きな特徴として、本堂の中に秀秋の墓がある。傷つけられるのを恐れたからではないという。

「本尊の横ですから、それだけ大切にお守りしているんです」

本尊の左横には清正公を祀ってもいる。

「加藤清正公と秀秋公とはご親交もありましたからね」

と堺住職はいう。三成が嫌っていた二人が、左右に仲良く収まっている感じでもある。

堺住職は、娘の仁美さんが小学生時代につくった自由研究の冊子を見せてくれた。瑞雲寺と秀秋についてよく調べたもので、冒頭の一行が妙に印象的だった。

「小早川秀秋は豊臣方でも徳川方でもありませんでした」

金吾中納言は、やさしい理解者たちに祀られていた。

島左近と六文銭

関ケ原の記憶は、江戸時代も人々のなかで生き続けた。司馬さんは石田三成に同情をこめて書いている。

〈徳川氏は、その治世二世紀あまりを通じて石田三成を奸人《かんじん》としつづけた。そうすることによって豊臣家の権力をうばった徳川氏の立場を正当化しようとした〉

三成は主人に忠義だっただけで、本来は非難される人物ではない。しかし評価したのは『大日本史』を編纂《へんさん》した徳川光圀（黄門）ぐらいのもので、三成について語ることはタブーとなる。そこで三成の部下や友人がもてはやされることになった。

家老の島左近《さこん》、盟友の大谷吉継《よしつぐ》、さらに友人で、上杉家の名物家老、直江山城守兼続《かねつぐ》の三人だった。

〈いわば快男子の典型として江戸時代の武士たちに愛され、その逸話がさまざまの随筆に書かれつづけた。三成が「悪神」で触れられぬために、それにかわって三成の三人の副主人公がとりあげられ、ついにはむしろ過褒《かほう》なくらいにもてはやされた、というのが

実情であろう〉

『関ケ原』の島左近は、知謀は家康の謀臣、本多正信にもひけをとらないし、なにより腕が立つ。女性には優しい。正義感がつよすぎて無用の敵ばかりつくる三成を、兄のように、父のように支えた。

〈唐代の詩人であった杜甫《とほ》を愛し、

「たかがおのれの一生など、ついに杜甫一編の詩におよばぬか」

といっていた〉

島左近は関ケ原の戦場でも冷静だった。三成を戦場から離脱させたあと、最後の突撃をする。やがて東軍の包囲にあってその姿は見えなくなった。

〈「左近の首があろう」

と、首ひろいの者が泥濘《でいねい》のなかをさがしまわったが、ついに見つからず、（略）地上から蒸発したように消えていた〉

今回の取材で、何人かの武将の子孫といわれる人に会うことができたが、大谷吉継の子孫という横浜市の大谷裕通さんがいっていた。

「島さんには会ったほうがいい。島左近の子孫です。まさしく古武士のような人ですよ」

その言葉にしたがって、浜松市の島圭一さんを訪ねた。

「関ケ原後の左近にはいくつかの伝説があり、三成とともに琵琶湖の竹生島《ちくぶしま》にいったん落ち、そこで別れて左近は京都から伊勢へ、さらに天竜川の河口に出た。その子孫が私たちとされています。天竜（現・浜松市）には墓もあります。しかし、それだけです。二十三代続いてはいますが、子孫の証拠になるようなものはないですよ」

と、静かに話す。島縫製加工所の社長で、半世紀ものあいだ、ずっと繊維にかかわってきたという。関ケ原町の宝蔵寺で行われる慰霊祭には十年ぐらい前から出席するようになった。

「西軍同士のほうが話は合いますけど、四百年たっていますからね、さすがに東軍も西軍もないですよ。もっとも東軍の子孫といえば、明治までは殿様だった人も多い。西軍の子孫で立派にやっておられる方も多いが、それでもやはり人生が終わるときは勝ち組で終わったほうがいいのでしょうね」

ふいに『関ケ原』の三成と左近のラストシーンを思い出した。小早川の裏切りにより、大谷、宇喜多、小西隊が壊滅し、笹尾山の石田陣地に東軍の旗が押し寄せてくる。三成に「左近、どう見る」と聞かれ、

〈「これはどうも」

と、左近は目をほそめて遠く見、

「負けでござるな」

と、ひどくおだやかな声でいった。出血が、この男の顔を土色にしているほか、常とかわらない〉

勝敗をぎりぎりまで模索しつつもこだわらず、現実をみすえる。そんな左近の雰囲気が、やはり島さんにはある。

それにしても島左近の子孫が浜松にいるというのが、なんとも楽しい。浜松といえば若き家康の本拠地だった場所だ。家康の首を狙った左近がいまも健在で、機会をうかがっているようではないか。しかし島さんは微笑みながらいう。

「いやいや、島左近の血筋が浜松に住めたのは、家康公の計らいがなければ無理だと思いますよ。せっかくだから、お墓も見てくださいね」

と、意外と家康に優しかった。

その理由はすぐにわかった。

墓は旧天竜市の二俣町にある。島圭一さんの本家筋の島重雄さんが案内してくれた。

「この墓石は四百年ほどたっていると学者の人がいっていました。ここに昔は大きな桜の木があってね、取材にこられた小説家の隆慶一郎さんがその桜を小説にも登場させています」

故・隆慶一郎さんは、静岡新聞に連載したベストセラー小説『影武者徳川家康』（新潮文庫）の取材で二俣町を訪ねている。この小説は、関ケ原で家康が開戦間近に討たれて死ぬところから始まる。入れ替わった影武者の世良田二郎三郎が関ケ原を勝利にみちびき、その後も家康として君臨する。影武者将軍の二郎三郎をサポートするのが島左近という設定になっている。二郎三郎と左近はなんとか豊臣秀頼を救おうとし、二代将軍の秀忠と暗闘を繰り返す。二俣の桜の下で酒をくみかわすシーンはもっとも印象的だ。

「隆さんは二時間半も話をされていました。そのとき島左近が主役の話もお書きになると聞きましたから、楽しみにしてたんですけどねえ」

と、島重雄さん。

その重雄さんの親戚の将之さんも島一族で協力し、墓やゆかりの寺などを観光ルートにし、旧天竜市を「島左近の町」としてアピールしていこうと奮闘しているという。

さて、江戸時代を通して「反徳川」として人気があった人物に、真田幸村がいる。幸村は関ケ原後の大坂の陣で大活躍することになるが、『関ケ原』にも父昌幸とともに登場し、家康を悩ます。関ケ原での主役、昌幸は家康嫌いで有名だった。

家康は石田三成との決戦のため、自分とは別に、秀忠に主力軍約三万八千を預けている。徳川四天王のひとり、榊原康政などをつけたが、この三万八千人に立ち向かったのが真田昌幸、幸村親子だった。

〈(西軍に勝ち目はある)

と昌幸は思っていた。西軍勝利をつくり出す唯一の戦略は、いま眼前にいる秀忠軍三万八千をこの信州上田城で食いとめて美濃の戦場にやらぬことであった〉

『関ケ原』の昌幸は若い秀忠を愚弄《ぐろう》する。上田城を黙殺して美濃に行くべきだった秀忠だったが、怒りがおさまらずに攻撃し、昌幸の術中にはまってしまう。たった二千五百人の上田城が落とせないままに釘付けとなり、秀忠は関ケ原の決戦に間に合わなかった。昌幸は関ケ原の十五年前にも、所領をめぐって家康と対決した。このときも約七千の大軍を上田城にひきつけ、二千弱で打ち破った。徳川家にとって上田城は鬼門だったかもしれない。

浜松市から上田市に行った。町のなかの看板や標識に、真田のシンボル「六文銭」が誇らしげに見える。家康は見るのも嫌だろうが。

上田市立博物館の寺島隆史館長に昌幸について聞いた。

「上杉や北条、徳川らに囲まれながらも自分の才覚で領国を切り取ってきた。昌幸には自負を感じますね」

昌幸は武田信玄との縁が深く、信玄を支えた「武田二十四将図」にも、父親や兄とともに描かれている。

「信玄の奉行衆をつとめていた時期もありますから、才能を買われていた。昌幸も信玄を尊敬し、信玄とよく似た花押（署名代わりのサイン）をほぼ生涯使っています」

信玄の衣鉢を継いだ意識があったのだろう。三方ケ原で信玄に粉砕された家康など、昌幸はまったく恐れていなかったのかもしれない。

『街道をゆく9　信州佐久みち、潟のみちほか』に収録されている「高野山みち」にも昌幸が登場する。現実的な政治家でもあった昌幸にとって、三成が家康に政略戦略で劣ることはよくわかっていたと、司馬さんは書いている。にもかかわらず、昌幸は西軍についた。それはどうしてなのか。

〈むしろ三成が庸人《ようじん》であることにばくちの魅力を感じたにちがいない〉

たとえ三成が勝っても天下は安定せず、再戦があると考えた。さらに大きなばくちを考えていたのかもしれないと、司馬さんはみる。

しかし、関ケ原があっさりと終わって、昌幸も敗北する。幸村とともに高野山の九度山へ流罪となり、幽閉された。寺島館長はいう。

「それでもばくちに負けたわけではないですね。関ケ原では長男の信之が徳川方につき、真田家の領地を安堵され、松代に移ったときには加増されていますから」

さらに三万八千を釘付けにした影響はその後も残ったという。

「家康の直属軍の働きが少なく、彼らに毛利などから没収した土地を配分することができなかった。功績のあった外様大名に土地を与えなくてはならず、家康の計算も狂ったと思いますね」

と、寺島館長はいっていた。

最後まで家康の邪魔をして、昌幸は大坂の陣の直前に、九度山で亡くなっている。もっとも影響を与えたのは、わが子幸村だっただろう。

〈その遺志を――というより乱世への熱気のようなものを――子の幸村がひきついだ。（略）昌幸の見果てぬ戦国の夢が幸村の情念のようなものに化《な》っていたのかもしれない〉

関ケ原の十四年後、大坂冬の陣が始まる。戦国時代の終焉であり、家康の総仕上げだったが、ふたたび六文銭が立ちはだかった。幸村は命のかぎりを尽くし、家康を苦しめた。

「上田には松本城のような立派な天守閣があるわけでもないのに、たずねてくる人が多い。真田を好きな人が多いんですね」

と、寺島館長はいっていた。

余談の余談❺

連載開始の四年前には関ケ原の全容が頭にあった

山形真功

『竜馬がゆく』の登場人物総数を調べたのは、作家・出久根達郎氏である。上下五人の誤差はあっても、千百四十九人。さらに出久根氏は『坂の上の雲』の全登場人物を千八十七人と数え上げている。

出久根氏に倣って、『関ケ原』に出てくる人名を数えてみたら、実在した人物と司馬さんが創作した人物を合わせて、六百十三人。このうち、開巻冒頭に出てくる、『北回帰線』の作家ヘンリー・ミラーといった関ケ原の役前後から遠い時代の人物は十八人。この数を引いた五百九十五人（斎藤道三や織田信長等を含む）のうち、北政所、淀殿や、石田三成を愛した「初芽」など女性は三十五人だった。

『関ケ原』は「週刊サンケイ」に一九六四（昭和三十九）年七月二十七日号から昭和四十一年八月八日号にかけて連載された。司馬さんはその連載予告に、『関ケ原』への思いを率直に表明している。

「その場を見たいがために、年若いころから関ケ原へ行ったことは何度かある。……が、小説に書こうとはおもわなかった」

「小説にするには、あまりにも事件の舞台が多種多様で、登場人物が多すぎる。……」（『司馬遼太郎が考えたこと2』）

しかし、昭和三十五年の晩秋、「近代説話」同人が寒風吹く関ケ原に旅行した際、司馬さんが「手拭いで頬かぶりをして」、「当時の戦況を、まさに手に取る如く説明してくれた」ことを、尾崎秀樹氏や清水正二郎（胡桃沢耕史）氏が回想している。だから、すくなくとも連載開始の四年前には、関ケ原の戦いの全容が、司馬さんの頭の中に収められていたのだろう。

関ケ原の役を焦点に、主だった人物だけでも約五百二十人を進退させる小説を書くことは大変な難事だったと想像する。けれども読者は、まるで自分が天上から十六万以上の将兵を動かしているような快感を覚えてゆく。

講演再録「大坂をつくった武将たち」

私は大阪に生まれました。祖父が一八六九（明治二）年に播州（兵庫県）から出てきましたので、私で三代目になります。ですから一代目、二代目と違って、大阪の悪口を言う資格があるわけですね。

まず、大阪がどういう土地なのかということを考えてみます。近年よく大阪の地盤沈下がいわれます。たいへん嘆かわしいことではあります。どうしたらいいのかということは最後にお話しするとして、大阪ほど立地条件のいい土地は少なかったのではないでしょうか。

祖母も播州の出です。江戸の終わりごろ、飾磨《しかま》の港から出て、千日前の芝居を見物に来たそうです。十五、六歳の娘が芝居見物で大坂に簡単に来ていたわけです。大坂を中心とする瀬戸内海エリアが、われわれの想像を超える近代的な交通網を持っていたことが、このことでもわかります。

大阪湾という内海を持ち、瀬戸内海という廊下を持ち、しかも沿岸はほとんどが豊饒の地です。パリ、ロンドン、北京、世界のどの首都をとってみても、これほどの好条件を持っている都市はありません。

この都市設計を考えたのは、織田信長でした。信長という人は、日本の歴史の中で唯一の天才政治家といっていい人だったと思います。彼は独自の世界戦略を持っていました。世界を視野に置いた初めての日本人といっていいかもしれません。

信長は大航海時代を感じていたようです。貿易で飯を食おうと考えた。そのためには内陸の京都に引っ込んでいてはだめだ、海に面した大坂に首都を置こうと考えた。

都市が港湾に面しているのは、怖いことなんです。海から外敵が襲ってきたら、ひとたまりもありません。ですから首都は内陸に置くほうが多い。日本でいえば奈良、京都。パリやロンドンもそうですね。これは怖がりの心理から出た首都設計なのですが、信長という人は度胸がよかった。情報もあったようですね。マドリードは内陸で不便だが、リスボンなら便利がいい。そんな話を宣教師たちから聞いていたかもしれません。

大阪の地形を考えてみます。

この商工会議所のある松屋町筋（大阪市中央区）あたりは、万葉時代は海でした。大阪湾は非常に深く入り込んでいましたから、いまの天王寺動物園あたりも海です。大阪で唯一の高台である、ナマコ形の台地が上町《うえまち》台地ですが、この台地だけが波間に浮かんでいる高台でした。

商工会議所の百周年事業のひとつとして、創業百年以上の企業を調べられていますが、その中に「金剛組」という建築会社の名前があります。

この会社は四天王寺を造り、管理していたという履歴を持つ会社です。

四天王寺は中国でいうと、北京飯店にあたります。外国からの要人も泊まれる施設だったのですが、その建てられた位置が重要でした。

建てたのは聖徳太子で、六世紀末のことでした。大阪湾に新羅や百済、あるいは唐から船が入ってきて、大きくそびえる建物がある。

それが四天王寺でした。

上町台地にある四天王寺は岬の突端にあった。先進国の中国や朝鮮から来る人々に対し、田舎の日本にもこういう建物があるんだという、いわばこけおどしの建物でした。もっとも、その後は大坂は忘れ去られた土地となり、室町時代末の信長の出現を待つことになります。

しかし、なかなか信長の思いどおりにはなりませんでした。大坂には信長に敵対する勢力が頑張っていました。

本願寺でした。八世の蓮如《れんにょ》上人が大坂に本拠を置いていた。当時の大坂は今日の大阪ではありません。大坂とは石山のことを指しました。

蓮如は英雄でした。もともと教祖の親鸞には教団を起こすつもりはありませんでした。親鸞は信者たちに言っています。

「私は南無阿弥陀仏と言っているが、この信仰は私のためのものであり、君らのためでもなんでもないのだ」

プロテスタンティズムにおける神と個人の関係のような緊張感が、そこにはあった。ですから親鸞は教団をつくらなかった。初代にならって、二代目も三代目もつくらなかった。

ところが、蓮如は違いました。当時では風変わりだった自分の宗教をひとつ天下に広めてやれと考えた。

蓮如は成功しました。浄土真宗は大変な流行になり、そうして本山に石山の地を選んだのです。

蓮如も、大坂の地政学的な意味を感じていたのかもしれません。

信長同様にいい勘をしていたのでしょうね。

信長にすれば、いい迷惑でした。

十一世の顕如《けんにょ》が石山本願寺の主人になっていましたが、信長は要求をつきつけました。

「そこを立ち退け。おれはおれの城を造りたいんだ」

こうして石山戦争が起こります。死を恐れない門徒との戦いは、信長の数多い戦いのなかでも、いちばんの苦戦となりました。十年ほどかかっても痛み分けのような、困難な戦いの末、ようやく信長は勝利を得た。

聖徳太子が考えたように、信長も対外意識が旺盛だったのでしょう。大阪湾に南蛮の船がやってくると、見上げるような大坂城がある。それが信長の理想だったと思います。

私は、あの安土城は信長のテストだったと思うのです。テストでうまくいけば、やがて大坂城を造るつもりだったのでしょう。

信長は革命家でした。それはその経済政策によく表れています。

商業を保護し、物産をつくるのにも販売するのにも税金はなし。占領地に、この楽市楽座を推し進めました。

農業政策も画期的でした。自作農を創設し、中間に大地主がいるのを認めなかった。大地主は国人といったり、地侍といったりしていましたが、要するにその土地の武装勢力でした。

秀吉は信長の戦略を継承します

武田信玄など多くの戦国大名と信長の違いはこの点にあります。信玄は地侍、国人を抱きかかえての大名であり、信長はそれを認めない。それは彼らを排除していくというのが信長のポリシーという以上に、深刻な日本の歴史改造のプランでした。

それを武力でやらなくてはなりません。信長が比叡山を焼き打ちしたのも、叡山が近江その他近隣において、中間搾取的な地主だったからです。僧兵を擁し、農民に乗っかっていた。それを焼き打ちにして根絶やしにする。そして近江の百姓を自作農にして、じかに税金をとる。これが信長の革命でした。

ところが、ようやく本願寺が石山から去り、革命が成功しつつあったところで本能寺の変が起こります。信長は亡くなってしまい、秀吉の時代が始まります。

秀吉は信長の持っていた世界戦略、貿易立国、そして経済政策の忠実な継承者となりました。

秀吉は賤《しず》ケ《が》岳《たけ》の合戦で柴田勝家を破り、大坂に築城の命令を出しています。

当時これほど大きな建築物はほかに例がありません。戦のために建てたのではない。日本は大変な文明国だと思わせる、いわば広告塔でした。

エッフェル塔のようなものですね。

ちなみに大坂城は民の膏血《こうけつ》をしぼって造ったようなものではありません。秦の始皇帝が万里の長城を造ったときや、明の皇帝が自分の御陵を造ったときとは違います。日本は民の膏血をしぼることはあまりありません。

奈良朝時代は律令制でした。労役が税金の代わりでしたから、民衆は苦労しました。ところが秀吉の時代だと、かなり開けていますから、賃金を払って人夫を集めています。

大坂城の造営には、河内、摂津の農村から出てくる人が多く、一日七合ほどのお米をもらっていた。家でぶらぶらするよりも、大坂城を造ったほうが率がいい。それで人手が集まる。

こんなことを日本に来た宣教師の一人が書き残しています。大喜びであの城はできたことになります。

このように、大阪の原形というと大坂城を思う人が多いようですが、私はもっと大きな原形があると思っています。

それは諸国の物資を大坂に集めて市を立て、全国にそれを散ずるというシステムをつくったことです。

秀吉が初めてそれをつくりました。それまでの割拠していた経済を、広域経済に組み入れました。自給自足が基本の時代に商品経済を活発化させ、政権の基盤を貿易においた。

一例を挙げますと、徳川家の石高は諸説ありまして、六百万から八百万石といわれていますが、私は四百万石ぐらいだと思います。

四百万石で徳川政権が成立していたのに対し、豊臣家の石高は、あれだけぜいたくをしていたにもかかわらず、二百二十万石でした。

財源の多くを、コメではなく貿易でまかなっていた。これは商人の感覚ですね。政権成立の基盤が豊臣と徳川では全く違ったのです。

秀吉は小田原の北条氏を滅ぼし、関八州を家康に与えます。その際にこう言いました。

「関八州を治めるには江戸という土地がある。私も一度行ったことがある。小さな漁村で、湿地で葦《あし》が茂っていた。土地としては物にならない所だが、大きな湾のいちばん奥にあるので治めやすい所だよ」

だから江戸ができたのです。

家康としては、しぶしぶ命令に従ったのでしょう。このころの家康の頭の中には、信長、秀吉のような構想はありませんでした。港湾都市をつくって世界を相手にするなどとは考えもしなかった。家康らしい、農業を基盤に置いた徳川政権らしいところですが。

この後、豊臣時代から江戸初期までの間、大名が城を置くのは港湾都市となりました。福岡、広島、仙台、いずれもそうです。流行したのですね。大坂が全国の都市の原形となった。港湾都市の元祖となったのです。

大坂と江戸を比べてみます。

いまでも泉州から和歌山にかけて歩いてみると、普通の農家のつくりが非常にいいでしょう。ところが関東のほうはそうでもありません。つまり関八州の文化は浅いところがあります。極論ですが、大田舎のなかで孤立しているのが江戸であり、こういう所では大きな文化は本来開けにくい。

江戸時代でも百万都市だった江戸ですが、おおざっぱにいって五十万人が武家、五十万が町人という特殊な町でした。

もっぱら消費する都市であり、大坂のように経済都市として自立できるような都市ではありません。

大坂は違います。港湾は発達し、平野部は関東平野以上の豊かな生産力を持ち、古くから培われた文化がある。

密度の高いヒンターランド（後背地）がひかえている。立地条件として最高の場所であるのは間違いなく、それがいつのまにか地盤沈下するのですから不思議でなりません。

秀吉に戻しますね。

秀吉は天下を統一しました。その意味は、侍が全員、秀吉の家来になったということだけではありません。

天下の経済を統一した。商品経済を全国化しました。

飛驒国にはたくさんの木があります。しかし弥生時代以来、秀吉が登場するまでは飛驒の木は、飛驒の周りで使われるだけでした。

しかし秀吉が現れることで事情は変わります。飛驒の木が切られ、大坂で市が立ち、岡山に木が流れていく。もし私が飛驒で木を切っていたとしたら、岡山まで心理的、社会的な空間が広がることになります。商品の集散によって初めて人々の心が広がり、全国的な意識というものができあがっていった。日本の歴史における秀吉の功績はそこにありました。

秀吉は天正年間（一五七三〜九二）に島津を討ちます。

九州全土を征服しようともくろんでいた島津を、薩摩に押し込めます。当時の薩摩は侍の数が多くて仕方がなかった。クビにするわけにもいかず、侍たちの給料を減らします。そして徹底的に百姓から搾取しました。江戸期を通じて薩摩のお百姓ほどみじめだったものはない。西南戦争以後、鹿児島県は急速に影響力を失っていきますが、これは徹底した搾取の影響があると、私は思います。

豊臣政権とは何でしょうか。

私は太閤さんのマークである千成り瓢箪《ひょうたん》でもなく、大坂城でもなく、極端にいいますと帳簿だったと思います。

大阪の繁栄は徳川のおかげです

秀吉に帳簿の実務能力があったかどうかはわかりません。しかし、帳簿の能力を持つ、いまでいえば大蔵官僚のような人々を採用する能力はたしかに持っていました。

秀吉には五奉行と呼ばれるブレーンがいましたが、その四人までが近江と深いかかわりを持っていました。いずれも大名です。しかし戦国大名というよりも、経済官僚といったタイプでした。

その代表が石田三成であり、三成は島津の敗戦処理を手伝い、大いに手腕を発揮します。

三成は薩摩藩に帳簿のつけ方を教えています。大きな財政の帳簿のつくり方を教え、そして大名にしては考えられないことですが、小物成《こものなり》の帳簿まで教えています。これは日常の小さなカネの出し入れをつける帳簿です。

教えた帳簿が複式簿記だったかどうかはわかりませんが、島津の人々は感激した。ようやく藩の財政というものが把握できるようになった。豊臣政権の本質がそこにあります。

やがて秀吉の時代は去ります。徳川家康の時代が始まりますが、大坂の地位は揺るぎませんでした。

家康は大坂の、秀吉以来の商業的な権力を認めました。むしろ、いっそうその権力は強化されたかもしれません。

大坂は天下の台所となり、長い伝統を持つことになります。商売ということに関し、特殊な能力と自信を持つに至ります。これがいわば大坂の家風となっていきました。

ところが、気をつけたほうがいいと思うことがあります。この築き上げた家風や伝統について、大阪の人は太閤さんのおかげと思いすぎるところがあります。むしろ家康以来、徳川三百年の保護のおかげと思ったほうがいい。

この点、どうも誤解が多いですね。

例えば松前藩の昆布は東京のほうが近いのに、わざわざ大坂に運ぶ。元禄年間（一六八八～一七〇四）に太平洋航路が盛んになるまでは、北海道の昆布は全部大坂に集まっていた。われわれ関西人は今でも昆布をダシにしておかずを煮炊きします。しかし箱根から東ではあまりやりませんね。

天下の物産は一度大坂に集まる仕組みになっている。仙台のコメも秋田の杉も大坂に集まる。幕府がそれを保護していた。そういううまい利権の上に乗っかっていたのが大坂でした。

それが明治維新で幕府が崩れると、大阪は急速に衰えました。

特権がなくなったからですね。維新後には一時期、人口が大幅に減ったほどでした。有力な商人が倒産し、市は次々となくなりました。秋風索寞《しゅうふうさくばく》とした感じが、明治の大阪を吹き抜けていたわけです。しかし、それでもなんとか大阪経済が成立してきたのは、やはり立地条件の良さであり、もうひとつは大阪の持つ合理精神でした。

商品経済の盛んなところに合理精神は生まれます。

例えばお隣の韓国の李朝時代には、それほどの商品経済は生まれませんでした。中国でも商品経済が盛んだったのは、上海、広東、福建といったあたりで、ほかには行き渡らなかった。

商品経済の発達しない土地ではイデオロギーが尊ばれますが、盛んな所では議論、理屈よりも現実のほうが先行します。三十グラムの物を理屈をつけて三十キロだといっているけれど、やっぱり三十グラムなんだと知ることが合理主義なのです。

かつての大坂人にはその合理主義がありました。江戸中期の山片蟠桃《ばんとう》、富永仲基《なかもと》といった町人学者たちは高貴な合理精神に満ちあふれていた。

ところが、そういう合理主義を生む土壌に大阪はあぐらをかきすぎていたようです。また、徳川時代に保護ばかりされていたため、売ることばかり考えるところが大阪にはあります。

物をつくるということは損なことです。研究にもお金がかかる。それよりは売ったほうがいい。高利に回したほうがいい。

これは華僑の経済思想と似たところがあります。新生中国は近代国家になるため、世界に何千万といる華僑の力を借りたいのです。ところがうまくいきません。華僑には工業家が少ない。華僑は商業のみの世界でしか生きられなかったという事情はあるのですが、物をつくる喜びには遠いところにあります。

大阪も、物をつくるよりも売ったほうが早いという精神がいつしかできあがった。こういう精神のなかにいわゆる大阪の地盤沈下の原因があるような気がします。大阪という土地は、秀吉が考えたように世界を相手にする土地なのです。世界の人の快感になるようなものをつくりだすべき街である。

もっとも私はときどき思うのですが、そのためには、もっと大阪の街がきれいになる必要がありますね。大阪の街を歩くと、ときどき絶望的になることがあります。こんな街からどうして魅力的なものが生まれるのかしらと思うほどです。

もう一度、高貴な合理主義を取り戻し、そして大阪の街をもう少しきれいにしたほうがいいですね。

大阪で商売してたらなんとかなるやろう、そんな気分であぐらをかいていたら、大阪の復権などありえません。

一九七八年九月二十一日　大阪市・大阪商工会議所国際会議ホール　大阪商工会議所創立百周年記念事業記念講演　協力＝日刊経済新聞社　一九九二年五月十八日に行われた「大阪21世紀協会創立十周年記念講演」も参考にした。

（朝日文庫『司馬遼太郎全講演［2］』から再録）

ブックガイド　キーワードで読む司馬遼太郎作品

「信長」で読む

『街道をゆく1　湖西のみち、甲州街道、長州路ほか』（朝日文庫）

『街道をゆく』の最初の旅は琵琶湖の西岸が舞台の「湖西のみち」だった。浅井家の裏切りに遭った信長が朽木谷に逃げていく過程に迫り、この退却戦にこそ信長の凄みがあると司馬さんは記している。

『街道をゆく4　郡上・白川街道、堺・紀州街道ほか』（朝日文庫）

郡上八幡から白川郷を抜け、富山へ向かう「郡上八幡・白河街道と越中の諸道」では、『国盗り物語』の取材で訪れた岐阜にも足を運び、「丹波篠山街道」では明智光秀の居城・丹波亀山城を訪れている。

『街道をゆく24　近江散歩、奈良散歩』（朝日文庫）

「湖西のみち」以来、十四年ぶりに近江を訪ねた「近江散歩」。信長に由来のある鉄砲の一大生産地であった国友村を歩き、安土城などのゆかりの地を訪ねている。

『街道をゆく43　濃尾参州記』（朝日文庫）

最後の街道の旅となった「濃尾参州記」では、信長、秀吉、家康を生んだ愛知を歩く。信長の「桶狭間の戦い」に焦点を絞り、その天才性について触れている。

「秀吉」で読む

『街道をゆく11　肥前の諸街道』（朝日文庫）

秀吉が朝鮮出兵の前線基地として築いた肥前名護屋城のある佐賀県唐津市などへ足を運ぶ。やがて長崎まで抜けていくこの街道の旅は、世界史的な視野を盛り込んだスケールの大きなものとなった。

『司馬遼太郎が考えたこと2』（新潮文庫）

『国盗り物語』や『関ケ原』の連載が始まった時期である一九六一年から一九六四年のあ

いだに書かれたエッセーが収録されており、秀吉について書いた「私の秀吉観」が収められている。

『歴史を紀行する』（文春文庫）
日本史に影響を与えた十二の土地を歩き、その風土と日本人の特性を考察する紀行文。「政権を亡ぼす宿命の都　大阪」として、秀吉が大阪の基礎を築く過程が描かれる。

「黒田官兵衛」で読む

『街道をゆく9　信州佐久平みち、潟のみちほか』（朝日文庫）
収録されている「播州揖保川・室津みち」は、播州が舞台。「播州については『播磨灘物語』を書いているころ、あちこちを歩いた」と書き出されている。

『街道をゆく34　大徳寺散歩、中津・宇佐のみち』（朝日文庫）
大分県を歩いた「中津・宇佐のみち」では、黒田官兵衛が築いた中津城に足を運んでいる。

『司馬遼太郎全講演［5］』（朝日文庫）

収録されている「播磨と黒田官兵衛」は姫路文学館で話されたもの。司馬さんが自らのルーツについても語った講演となっている。

『以下、無用のことながら』（文春文庫）

収録されている「私の播州」「官兵衛と英賀城」などは、やはり司馬さん自身のルーツに触れたエッセー。本書は、そのほかにも折々に書かれたエッセーが収録されている。

「石田三成」で読む

『街道をゆく24　近江散歩、奈良散歩』（朝日文庫）

近江には関ケ原などの古戦場跡が多く、「近江散歩」にはさまざまな武将が登場する。司馬さんは、三成と戦った井伊直政ゆかりの彦根城も、この『街道』の旅で訪ねている。

インタビュー

私と司馬さん

作家・経済評論家……堺屋太一さん

俳優……斎藤洋介さん

民主党元政調会長代行……仙谷由人さん

古美術鑑定家……中島誠之助さん

作家……姫野カオルコさん

主人公いつも明るい司馬作品

作家・経済評論家　堺《さかい》屋《や》太《た》一《いち》さん

一九三五年生まれ。元通産官僚で、『油断！』で作家デビュー。『団塊の世代』は、この世代を称する言葉にもなった。小渕内閣、森内閣で経済企画庁長官。『秀吉』『豊臣秀長』『平成三十年』『世界を創った男　チンギス・ハン』など著書多数。（撮影・品田裕美）

私が司馬さんの作品を初めて読んだのは一九七〇年代中ごろ、『関ケ原』が最初でした。私が『巨《おお》いなる企て』という石田三成を主人公にした作品を書く少し前です。司馬さんは人間ドラマとして関ケ原にかかわった三成や武将たちを見事に描き上げていた。私のほうは決戦プロデューサーとして三成を書きましたが、やはり大先輩の作品があったので書くときに緊張しました。『坂の上の雲』は当時通産省の役人の愛読書になっていて、私も熱心に読みました。「明治」を書くのに正岡子規と秋山兄弟に目線を据えたのはすごい。

　歴史小説は仮説を作る作業だと思います。史実を歪めてはならないが、不明な点は資料や情報から推理して埋めていく。理論物理学者のような作業です。司馬さんの小説は歴史的にほぼ正しい。むしろ歴史学者のほうが、細部にこだわりすぎて、全体を見失っていることが多いですね。

私にとって司馬さんは、作家というより、文化人というか文明を語る人でした。文壇特有の作家臭さがまったくなかった。印象に残っているのは九〇年代に税調の会合で講演されたときに、原稿料を例にして、巧みにわかりやすく所得税の累進度が高すぎると言われた。最高税率が八八%だった時代です。今は五〇%です。引き下げの契機となったというと大げさですが、説得力のある証言でした。

――堺屋さんは通産省で大阪万国博を手がけるなどした後に退官し、作家活動に入った。九六年のNHK大河ドラマ「秀吉」の原作も書いている。

秀吉をどう描くか、司馬さんは考えられたと思います。太閤記は多くの人が書いていますから。司馬さんが『新史太閤記』で書いた秀吉はめちゃくちゃ明るい秀吉でした。司馬さんの作品は夢を持たせるために主人公が明るい。司馬さんが書くと新選組まで明るくなる。読者へのメッセージだと思います。『関ケ原』では秀吉の罪を書いていますが、『新史太閤記』では秀吉の罪がほとんど出てきません。すべての作品を明るくする司馬さんの考えが出ています。

私の秀吉は、悩み苦しむ泣き虫、「偉くない秀吉」を書きました。組織は膨張しだすと止まらなくなる。これは今の官僚組織や一時のダイエーにもいえることですが、秀吉は天下統一して戦がなくなると、小西行長の貿易論と加藤清正の侵攻論を両方採用してしまう。膨張を止められず、海外に出ていくしかなかった。もっとすごい経営者なら、冷酷に粛清して組織の膨張を止めたはずですが、それができなかった。

――堺屋さんは十五歳からファンだというチンギス・ハンを長編小説にした。

人間の偉さを客観的に見ると五種類で評価できます。第一に偉大なビジョンがあるか、第二に知識や技能があるか、第三に人付き合いがうまいか、第四は公正な情報で冷静な判断ができるか、最後は健康かどうか。

秀吉にビジョンはなかった。信長が持っていたビジョンを上手に実現したのです。信長は人付き合いが下手で、五つ備えたのはチンギス・ハンです。家康も欠点は少ないですが、小型ですね。

五十回は死んだ男が演じた官兵衛

俳優　斎《さい》藤《とう》洋《よう》介《すけ》さん

一九五一年、愛知県生まれ。大河ドラマ「功名が辻」で黒田官兵衛役。「男たちの旅路」「人間・失格」、映画「ぐるりのこと。」「THE　CODE／暗号」など出演多数。
（撮影・村上宗一郎）

私は現代劇でも時代劇でもほとんど悪役ばかり演じてきました。それも準主役の悪役じゃなくて、ミステリーだと「あれ、こいつが犯人かな」と思わせて最後に殺されてしまう役です。顔立ちも関係しているんでしょう。ある監督からは「ダシのきいた調味料みたいなもんだ。入れておくとちょっと違うかな」と言われたこともあります。ですから、いろいろな番組に出ることは多いのですが、ほとんど殺されてドラマの途中でいなくなります。自分で何回殺されたか数えているわけではありませんから正確にはわからないけれど、五十回はたぶん死んでいます。

ＮＨＫ大河ドラマにも何回か出ましたが、「功名が辻」のように長期間出たのは初めてでした。参謀の黒田官兵衛。ドラマの最後まで死にませんでしたから（笑い）。そんなに台詞《せりふ》が多いわけではないんですけれど、頭に手ぬぐいを巻いて浴衣姿でNHKで待っていることが多かった。メークでドーランを塗って野武士になるんですが、官兵衛は有岡城で一年以上も土牢に入れられ、足は不自由で頭もカサカサになります。杖をついて歩くのですが、どっちの足が不自由だったか忘れないようにマークをつけていましたね。

――斎藤さんは左利き。時代劇でついつい刀や箸を左手で持ったり、所作が左利きに見えないよう注意した。

司馬さんの小説は大学生のころに『竜馬がゆく』を一気に読みましたが、それからはほとんど読んでいません。原作を読むと、どうしても役に引っ張られてしまう。役者は脚本が中心ですから。『功名が辻』では司馬作品に詳しい武田鉄矢さんがよく解説をしてくれました。「官兵衛は関ケ原の戦いが長引いて、東西両軍の力が落ちていくのを待っていた。ところが能力がないと思っていた息子の長政が徳川方で活躍して、一日で勝負がついた。これで彼のすべての計算が狂った」。私は感心して聞いているだけ。官兵衛は新しいことを次々とやる信長に近づき、自分の野望を果たそうとしたと思います。信長は天才ゆえに早死にした。官兵衛は「信長なき後は与しやすし」と思っていたのかもしれません。秀吉も家康も異常なほどに官兵衛を不気味がっていましたから。

――斎藤さんはＮＨＫ大河「翔ぶが如く」では板垣退助を演じた。このときもドラマの中で死ななかった。

官兵衛には幸い戦闘シーンがありませんでした。私は殺陣《たて》が苦手です。刀で人を切ったら、脂がついて何人も切れるものじゃない。刀は重くて楽に振り回せない。とにかく奇麗ごとであるはずはないと考えてしまう。官兵衛のように冷めている参謀はおもしろいと思います。板垣退助も私の数少ない死ななかった役です。司馬作品では「ツキ」があるのかもしれません。

私は酒を毎晩飲んでいました。ウイスキーだと二日で一本。半年ほど前に、妻から「もう年なんだからやめなさい」と言われ、今は自宅では飲んでいない。ときどき外で飲んでにおい消しでガムを噛むことが多くなりました。

政治に通じる関ケ原の情報戦

民主党元政調会長代行　仙《せん》谷《ごく》由《よし》人《と》さん

１９４６年、徳島県生まれ。衆議院議員、弁護士。前党代表代行。元内閣官房長官・法務大臣、国家戦略・行政刷新担当大臣、決算行政監視委員、党政調会長。
（撮影・横関一浩）

　私の先祖は徳島で江戸時代から続いた商人です。昔は、仙谷ではなく仙石という名字だったといいますから、司馬さんの『関ケ原』にも少し出てくる仙石権兵衛という武将の一族だったのではないかという人もいます。

　この仙石という武将は戦国時代に三河地方から四国に来るのですが、長曾我部元親を書いた『夏草の賦』やエッセーにも司馬さんは、九州征伐で逃げ帰った情けない武将と書いています。確かに能力はなかったのでしょう。でも、私は歴史に名前が残るだけでも大したものだと思います。

　先祖のこともありますが、私の母親が女学校の世界史の教師だったこともあって、自宅にあった『世界の歴史』を子供のころからパラパラ読んでいました。歴史ものは好きで、司馬さんの『竜馬がゆく』は学生時代に新聞連載を読みました。いちばん司馬作品に熱中したのは、選挙に落ちて政治浪人していたころです。『花神』の大村益次郎や『峠』の河井継之助に熱くなりました。

——仙谷さんは、『関ケ原』も若いときに読んだが、今回、家康と三成の諜報戦に重点を絞って読み直した。

『関ケ原』の文庫本の解説を高坂正堯さんが書かれていますが、マキャヴェリの『君主論』に「君主は信義に反したり、慈悲に反したりする行動をとらなくてはならないことがしばしばあるが、しかし、信義に厚いとか人情があるとか思わせることが必要である」というくだりがあります。家康はまさにその条件を満たす人物です。

私には、ここまで徹底的に人心を収攬することはできません。少しえげつないほどで、今の政治家では比べようもない。ただ、家康は何をするために天下を獲りたかったのか。そこが、いま一つわからない。

信長や秀吉は、これまでの古いものを壊して新しいシステムをつくるという政策があった。

家康は、言うなれば徳川家中心の平和な秩序をつくりあげたかったのかもしれない。当時、武将たちは朝鮮派兵などで疲れ果て、平和を望んだ。時代が家康に確実に流れていました。

――仙谷さんは二〇〇二年にがんのため胃の全摘手術をしたが、現在は健康そのもの。家康が権力闘争に勝ったのは、強い体力が決め手だったとみる。

家康は長生きしたほうが勝ちだと思っていたはずです。我慢に我慢を重ね、秀吉らライバルがいなくなってから手を打った。

家康は野望実現のために情報戦に力を注いだ。今の政治にも言えますが、情報を握ることは非常に大切です。二大勢力がぶつかり合う関ケ原で、勝ち組にのりたいと傍観を決め込んだ武将もいたわけですから。

三成は過度の潔癖症で観念論者です。秀吉の死後、豊臣の威信を前面に出した。自信過剰で、自分の判断はけっして間違いないと確信していた。しかし、人間は理屈だけで動くものではありません。それがわかっていなかった。人間は情や理や利やいろいろな要素で動くものということがわかっていなかった。権力を獲るための執念が家康と三成では違っていました。

「街道」で紹介された骨董印象記

古美術鑑定家 中島《なかじま》誠《せい》之《の》助《すけ》さん

一九三八年、東京都生まれ。古伊万里磁器を世に広める。テレビ「開運！なんでも鑑定団」で人気者に。エッセイストとしても知られる。『体験的骨董用語録』『ニセモノ師たち』『やきもの鑑定五十年』など著書多数。
（撮影・小暮誠）

一九八二年の三月、骨董仲間の競り市に行ったら、初老の骨董店主から週刊朝日を見せられて、「中島さん、あんたのことがこの雑誌に書いてあるよ」と言われました。見せてもらうと、司馬さんの『街道をゆく19　中国・江南のみち』の文章でした。

〈一九八一年九月、東京のすぐれた古美術商の団体十余名が、ソウルの国立中央博物館でそれらの品々を見た。そのことについて『目の眼』昭和五十七年二月号に、同行の古陶磁研究家中島誠之助氏が、すぐれた印象記を書いておられる。一部を拝借すると〉とあり、私の文章が三行引用されていた。私が書いたのは発行部数五千部ほどの骨董雑誌です。それを司馬さんが見つけて読んでくれた。驚きました。司馬さんは参考資料を古本屋さんから集めると聞いたことがあります。こんな骨董雑誌まで目を通されていたんですね。あこがれていた司馬さんに褒めていただいたという感激で震えました。司馬さんがペンで私の名前を書いたのかと思って、自分で「中島誠之助」と何回も書いてみました。

――中島さんは、歴史物が大好きだ。司馬さんの作品はほとんど読んでいて、信州・八ケ岳の山荘につくった書庫の数段は司馬作品だという。

司馬作品は、七〇年代前半に『坂の上の雲』を人に薦められて読み、感動しました。単行本はすぐに買って、文庫になってからまた買う。いい本は宝物。背表紙を見ているだけでオーラを受けます。ベストスリーといえば、あとは『峠』と『燃えよ剣』ですね。秀吉ものは小学生のときに吉川英治さんの歴史絵巻のような『新書太閤記』を何度も読みました。

司馬さんの『新史太閤記』は、人間ドラマ。秀吉を商人としてとらえている。尾張の中村から出てきて裸一貫、苦労をしたから演技して生き抜かなければならない。自分を出していたら殺されてしまう。信長が死ななかったら、秀吉は一生仮面で過ごしたかもしれない。しかし、晩年は権力を持って、むき出しの冷酷さを出してしまった。秀吉の出世物語は自分に重ねることができるから、経営者などに人気があるのでしょうね。

――中島さんは秀吉ゆかりの骨董は仕事で扱ったことはないが、あるときに京都の豊国神社で秀吉の虫歯を見て生々しいと思ったそうだ。

秀吉は朝鮮出兵をした結果として陶工を日本に連れてきます。その陶工が萩や有田や薩摩に行って陶磁器を作った。骨董界では「茶碗戦争」という人もいますが、私は秀吉の事件がなくても、朝鮮の陶工技術は日本に伝わったと思います。

安土桃山時代の茶器は価値が高いですね。ただ、秀吉には文化コンプレックスがあったと思います。茶道の師である千利休は秀吉に対抗していた部分があった。小田原城攻めのときに秀吉は名器をたくさん持っていったのに、陣の山野から切った韮山竹で「花生け」を作って茶室に飾った。信長なら、その場で殺していますよ。秀吉は竹の花生けを演技で喜んだ。四百年たてば名器ですが、秀吉の気持ちもわからないではありません。

勝手に「師匠」と言っています

作家　姫野《ひめの》カオルコさん

一九五八年、滋賀県生まれ。『リアル・シンデレラ』『ちがうもん』『ツ、イ、ラ、ク』など著書多数。
（撮影・御堂義乗）

司馬さんの作品に初めて接したのは、高校一年の春休みか。自宅にあった日本文学全集の中に載っていた司馬さんのエッセーを読んで面白いなと思った。それから『幕末』、『燃えよ剣』を貪るように読んだ。一度読んで、またもう一度読む。いっときでも司馬遼太郎が切れると苦しいとさえ感じた。

いまはもう忘れているけれど、その時は、スラスラ暗唱できるほど。先生からその情熱を勉強に向けろと何度も言われた。おかげで日本史に興味をもって、山川出版の教科書を辞書がわりにしていた。

私は司馬さんの文体が大好き。主人公との距離が遠くて客体視している。カメラアイが遠いというか。それでいて信長にも光秀にも愛情が注がれて、人間の慈しみを感じさせる。
これこそ大人のスマートな書き方。他の作家の表現が子どもっぽく思えた。司馬さんの文体はテンポが速くて、そのリズム感はエロティックとさえ感じる。

――姫野さんは、これだけ熱烈な司馬ファンだが、それを言うと、多くの人が「意外だ」という顔をするそうだ。これを機会に世間にアピールしたいという。

私は一人で勝手に「師匠は司馬遼太郎」と言っているんです。司馬さんの文体をお手本にした書き方をしているつもりですが、なぜか気づいてくださる人がいなくてさびしい。
司馬さんの「余談ですが」も、好き。あれ、決して余談ではないですよね。脇役に光を当てて説明している。あそこにも司馬さんの優しさというか人たらしの部分が出ている。あのへんも見習って真似てるのですが、書評で「姫野の小説はあっちこっちに飛びすぎる」とか書かれると、「文句があるなら司馬師匠にどうぞ」と言いたくなります。（笑い）

――姫野さんの『ハルカ・エイティ』（文藝春秋）は、滋賀県に生まれた実在の女性が主人公。夫は太平洋戦争に出征、やがて敗戦を迎える。ハルカは司馬さんとほぼ同年代。さまざまな人に取材、資料や映像を見ながら昭和史も勉強したそうだ。

司馬さんの作品の中では『花神』『峠』など、あれぐらいの長さの作品が好きです。つい先日、文藝春秋から司馬さんの没後十年の特別号に、短編から好きな作品を選んでエッセーを書いてほしいと頼まれました。「人斬り以蔵」にするか「王城の護衛者」か、ずいぶん悩んだ。「もっとも泣いた一作」と自分で制約をつけて「人斬り以蔵」にしました。

司馬作品をドラマ化するときの俳優さんのキャスティングでは友達と何回か夜中まで話したことがあります。私には、「竜馬は絶対にあの人しかいない」という俳優がいるんです。ギャラは高いけど。でも、いまは秘密。もうすぐ自分の小説で明かすつもりです。

司馬遼太郎《しばりようたろう》の戦国《せんごく》Ⅰ

朝日文庫

信長《のぶなが》と秀吉《ひでよし》、三成《みつなり》

2012年２月29日　第１刷発行

著　者　週刊朝日編集部《しゅうかんあさひへんしゅうぶ》

発行者　市川裕一

発行所　朝日新聞出版
〒104-8011　東京都中央区築地5-3-2
電話　03-5541-8832（編集）
03-5540-7793（販売）

印刷製本　大日本印刷株式会社

ISBN978-4-02-264649-1
落丁・乱丁の場合は弊社業務部（電話03-5540-7800）へご連絡ください。
送料弊社負担にてお取り替えいたします。

「司馬遼太郎記念館」のご案内

司馬遼太郎記念館は自宅と隣接地に建てられた安藤忠雄氏設計の建物で構成されている。広さは、約2300平方メートル。2001年11月に開館した。

数々の作品が生まれた自宅の書斎、四季の変化を見せる雑木林風の自宅の庭、高さ11メートル、地下1階から地上2階までの三層吹き抜けの壁面に、資料本や自著本など2万余冊が収納されている大書架、……などから一人の作家の精神を感じ取っていただく構成になっている。展示中心の見る記念館というより、感じる記念館ということを意図した。この空間で、わずかでもいい、ゆとりの時間をもっていただき、来館者ご自身が思い思いにしばし考える時間をもっていただきたい、という願いを込めている。　（館長　上村洋行）

利用案内

所在地　大阪府東大阪市下小阪3丁目11番18号　〒577-0803
TEL　06-6726-3860，06-6726-3859（友の会）
HP　http://www.shibazaidan.or.jp
開館時間　10:00〜17:00（入館受付は16:30まで）
休館日　毎週月曜日（祝日・振替休日の場合は翌日が休館）
特別資料整理期間（9/1〜10）、年末・年始（12/28〜1/4）
※その他臨時に休館することがあります。

入館料

	一般	団体
大人	500円	400円
高・中学生	300円	240円
小学生	200円	160円

※団体は20名以上
※障害者手帳を持参の方は無料

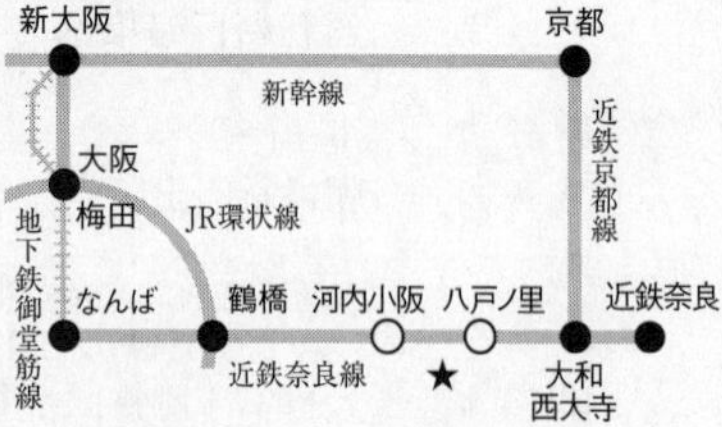

アクセス　近鉄奈良線「河内小阪駅」下車、徒歩12分。「八戸ノ里駅」下車、徒歩8分。
Ⓟ5台　大型バスは近くに無料一時駐車場あり。但し事前にご連絡ください。

記念館友の会　ご案内

友の会は司馬作品を愛し、記念館を支えてくださる会員の皆さんとのコミュニケーションの場です。会員になると、会誌「遼」（年4回発行）をお届けします。また、講演会、交流会、ツアーなど、館の行事に会員価格で参加できるなどの特典があります。

年会費　一般会員3000円　サポート会員1万円　企業サポート会員5万円
お申し込み、お問い合わせは友の会事務局まで
TEL 06-6726-3859　FAX 06-6726-3856